Picard • Und war ihm leicht

Jacob Picard
Und war ihm leicht wie nie zuvor im Leben

Die schönsten
Erzählungen aus dem
süddeutschen Landjudentum
Mit einem Nachwort von
Manfred Bosch

Libelle

Das Los

Exodus Kap. XX, Vers 21

Lange Stunden ging Hirsch Bernheim jetzt schon im Schnee, kalt war es, und es fielen kleine gefrorene Flocken, die fast Hagel waren, vom starrgrauen Himmel. Kaum fand Hirsch den Weg, der im Grunde keiner war, auch wenn er nicht hoch überschneit gewesen wäre; und der Wanderer hätte die Spur nie gefunden, wenn er nicht die Gegend gekannt hätte seit vielen Jahren und er sich nicht nach den dunklen überschneiten Tannen hätte richten können, die einzeln und dicht in Wäldern näher und ferner zu sehen waren trotz des Schneetreibens.

Es war um die Zeit, da dort im Süden des Schwarzwaldes, nicht weit vom Franzosenland entfernt, durch die Gerüchte von einem furchtbaren Aufstand des französischen niederen Volkes gegen den König und den Adel Christen und Juden erregt waren, sowie durch die Ahnung ungewissen Geschehens in der Zukunft. Teuerung war im Land, und vor allem im Winter wußten die hausierenden Juden der kleinen Städte und Dörfer oft nicht, wie sie der Not entgehen und über die kalten Monate kommen würden. Der geringe Handel, zu dem die Gesetze sie zwangen, nährte sie und ihre zahlreichen Kinder kaum, deren sie sich in Frömmigkeit freuten, und die ihnen den Mut gaben, überhaupt zu leben, und die sie als Gnade Gottes ansahen für ihren ihm gefälligen Wandel.

Müde war er; der Wind wehte ihm entgegen und nahm ihm den Atem, und die Last seiner Warenkrucke auf dem Rücken drückte, so sehr er sie auch gewohnt war. Wohl vier Stunden war er nun unterwegs zum einsamen Hölzlehof, wo die Kromerbauern hausten seit je. Mit ihnen hatte schon sein Vater, seligen Gedenkens, gehandelt, alles, was er selbst nun in seiner Trage schleppte; gegen Silberkreuzer, wenn die Bauern Bargeld hatten; oder sie tauschten gegen Butter und getrocknete Kräuter zum Heilen, Kamillen, Minze, Wacholderbeeren, gegen Fuchs- und Marderfelle, auch den schwarzen duftenden Tannenhonig, und gegen Holzgegenstände, Schapfen und Besen und kleine Gelten, Heimarbeiten aus der Zeit, wo auf den Feldern nicht geschafft werden konnte, auch gegen Leinen aus eigenem Flachs, den die Bäuerinnen in den langen Wintermonaten über den Rocken spannen. Und was gaben dagegen sie? Aber Hirsch trug doch nicht ganz nur das, was der Vater sein Leben lang herumgeschleppt hatte; das überlegte er jetzt in seiner Einsamkeit. Rührung überkam ihn, wenn er daran dachte, wie der lang schon Verstorbene bis ins hohe Alter sich noch gemüht hatte, und weil er, der Sohn, sich jetzt vorstellte, wie er zum erstenmal auf eine der Wanderungen in den Gau mitgenommen worden war, stolz zugleich darüber, wie sie von den Bauern empfangen worden waren. Man brauchte sich ja gegenseitig... Nein, er hatte sich nicht mit der alten herkömmlichen Ware begnügt;

immer hatte er ihnen Neues gebracht und war mit der Zeit gegangen.

Gerade heute trug er da eine Sache mit, von der er sich viel erhoffte: eine neue Art von eisernen Nägeln, blanken eisernen Nägeln für Holzbearbeitung, die sehr billig waren, viel billiger als die von den Schmieden in der Gegend mühselig auf dem Amboß gehämmerten. Aus Basel hatte Hirsch sie bezogen, gute Verbindungen hatte er dahin; und dorthin seien sie aus England gekommen, wo sie sie in Fabriken zu vielen Tausenden mit Maschinen auf einmal und schnell in einem neuen Verfahren herstellen sollten. Er würde schönen Gewinn daran haben, und die Leute auf den Höfen würden noch viel billiger dabei fahren als bisher durch die Handwerksware der Nagelschmiede; aber gerade sie vermehrten das Gewicht seiner Last außerordentlich.

Und Wachskerzen trug er mit sich, geweihte Kerzen aus schönem gelbem Bienenwachs, in Einsiedeln geweiht, daneben braunroten Siegellack und lederne Schuhschnüre mit Metallspitzen, auch das zum erstenmal, und daneben kleine Sachen zum Spielen für die Kinder und farbiges Zuckerzeug, denn es war im Advent, wenige Wochen vor Weihnachten; und vor allem trug er auf dem Leib im innern Futter des Rockes eine flache Ledertasche mit einem Schlößchen, überdies umwickelt von einem schmalen, vielfach geschlungenen Lederriemen. Sie roch stark, diese Tasche, nach Leder und Schweiß, schon der Vater selig hatte sie getragen; in ihr befanden sich sieben Lose der Zurzacher Messe drüben überm Rhein, die ausgespielt wur-

den um Lichtmeß, wenn dort der große Vieh- und Warenmarkt war.
Er hatte sie übernommen um des kleinen Gewinnes willen, den er als Vermittler davon haben, und er war sicher, daß er sie loswerden würde in der langen Zeit, in den Monaten bis dahin; drei hatte er ja schon abgesetzt bis heute. Es waren bedruckte knitternde Papiere, auf denen Zahlen standen, und geheimnisvoll ein Siegel; die Worte konnte er freilich nicht lesen, aber die Ziffern verstand er. Wie Geldscheine fühlten sie sich an und sahen sie aus. Der Hölzlebauer würde gewiß eines erwerben; der war, trotzdem er auf seinem Einödhof mit seinen Leuten einsam lebte, mit Frau, Kindern und Gesinde, ein kluger, aufgeweckter Mann und auch duldsam vor allem gegen seinesgleichen, die Juden. Niemals hatte er geduldet, daß die Kinder eines jener Schimpfworte riefen, die Hirsch sonst gewohnt war, da und dort zu hören. Darum auch hatte er heute den weiten und schweren Weg gerade zu diesem Hof gemacht, obwohl andere näher gelegen hätten.
Denn es war Freitag. Heute um die Mittagszeit spätestens hatte Hirsch daheim sein wollen, um sich ordentlich auf Schabbos vorzubereiten und den heiligen Tag bei den Seinen und in der Kehilla verbringen zu können. Aber gestern schon hatte der Schnee zu fallen begonnen auf den alten, der schon gelegen hatte, ohne Unterlaß, und als Hirsch diesen Morgen am Weg zwischen Bonndorf und Weizen den Postschlitten erwartet hatte, eine Stunde im Schnee stehend, hatte er einsehen müssen, daß das Fahrzeug nicht fahren konnte wegen der

Verwehungen, aber auch erkannt, daß er nun auf Schabbos nicht daheim sein könne. Schon daß er die Post nehmen sollte, war ungewöhnlich; das tat man nicht, weil das Geschäft es nicht trug; aber daß nun auch dieses sein würde, was noch nie geschehen war: am Schabbos nicht daheim bei Frau und Kind und nicht einmal in einem jüdischen Haus, geschweige denn, daß er nicht Schulen gehen konnte! Das bedrückte ihn alles sehr. Welche Sünde! Seit Montag war er wie immer unterwegs. – Doch wollte er, wenn der Kromer ihn aufnahm, wie er vertraute, den ganzen Tag fasten und beten, so das Speisegesetz wahrend und zugleich Buße tuend und so Gott um Verzeihung bittend wegen dieser Schändung, an der er schuld war, weil er sich nicht schon Donnerstag früh auf den Heimweg gemacht hatte, nur um des Geschäftes willen. So stapfte er mühselig durch den tiefen Schnee in seinem langen, braunen Rock mit den weißglänzenden Metallknöpfen, die er der Kälte wegen mit den bloßen Händen nicht berühren durfte. Seine Ohren schmerzten vor Frost, obwohl er die Pelzmütze trug mit den Klappen. Nicht einmal die Arme konnte er gekreuzt über die Brust schlagen, wie sie es auf dem Land gewohnt waren, um sich zu erwärmen, weil ihn die Trage hinderte. Und er sank immer wieder ein in grundlose Verwehungen und Löcher; die Last war zu schwer in dieser Lage; denn er trug sie sonst leicht, war er doch ein kräftiger, untersetzter, aber nicht kleiner Mann. Wenn nur die neuen Nägel nicht gewesen wären! Einen Augenblick dachte er daran, sich um deren Gewicht zu erleichtern und sie unter einer Tanne zu vergraben; aber wie durch den Schnee dringen, wie ein Loch in dem hartgefrorenen Boden zustande bringen! Vor allem aber: wann kam er wieder hier vorbei? Und wenn ihn doch jemand dabei sah! Nein, er mußte so weiter, obwohl ihm auch der derbe Knotenstock nichts nützte, um sich im widerstandslosen Schnee darauf zu stützen. Doch schob er den Stock wenigstens unter die Traglast, um den Rücken etwas zu befreien; es konnte ja auch nicht mehr weit sein. Müde und hungrig war er, und schon überkam ihn ein Augenblick großer Schwäche: nicht mehr weiter, nicht mehr weiter, als er über einem Gehölz, das er gut kannte, ein Wölkchen Rauch aufsteigen sah. Da war es, Gott sei gedankt! Und er sprach ein Gebet.

Eben hatte es auch aufgehört zu schneien. An den Tannen dicht vorbei über den kleinen Hügel, den sie halb bedeckten, sah er dann den großen Hof vor sich liegen im abendlichen Licht, friedlich. Niemand war zu sehen: Die Strohdachränder des hochgiebeligen Hauses staken bis hinunter in dem Schnee, und nur die Fenster der Vorderseite waren frei.

Da schlug auch schon der Hund an, es war der zottige Bernhardiner, den er kannte, bis an den Bauch stand der im Schnee und bellte; und aus der Tür trat der Bauer auf die niedere Vortreppe.

»Ja, Hirsch, sind Ihr's no?« sagte er, den Ankommenden erkennend. Kurz klärte der ihn auf und fuhr dann fort:

»Gend m'r 'was z'esse, Kromer, nor zwei Eier, gesotten, und laßt mich denn allein. Gleich beginnt Schabbos!«

Er stampfte auf der Steinplatte vor der Tür den Schnee von den hohen Stiefeln. Der Bauer nahm ihm die Last ab und ging, fromm in seinem Glauben, schnell ins Haus, sprach mit der Frau, und beide, die Gemeinsamkeit der Herkunft ihres eigenen Glaubens und des Gastes mehr im Gefühl als im Bewußtsein und in der Scheu einfacher Menschen vor den geheimen Bräuchen des anderen, seinem und ihrem Gott zu dienen, ließen es sich angelegen sein, alles zu richten, was sie für nötig hielten, seinen heiligen Dienst nicht zu stören.

Eilends aß er dann die zwei Eier mit ein wenig hartem Brot, das er mitgebracht, und das seine Frau, die Rachel, noch gebacken hatte, kaum daß er sich dazu gesetzt hätte, wenn er nicht durch die Müdigkeit auf den breitlehnigen Holzstuhl gezwungen worden wäre. Und er spürte die Wärme, oh, es war ein Wunder; warm war es hier, der hellblaue Kachelofen, der fast ein Viertel des holzgetäfelten Zimmers einnahm, strömte Hitze aus. Und nun wurde ihm wohl und feierlich zumut, dem jüdischen Mann unter den Fremden und doch Vertrauten. Er wusch sich die Hände in der Küche, sprach dazu das Gebet, ging in die große gewärmte Stube, stellte sich, das Gesicht gen Osten, um das Freitagabendgebet zu sagen. Die Wirtsleute und das Gesinde schwiegen; sie schauten und achteten den gläubigen Dienst des Gastes.

Übrigens hatten sie das Licht schon entzündet; zwei Unschlittkerzen waren es, in gedrehtem eisernem Halter, denn es war inzwischen dämmrig geworden. Als Hirsch sein Gebet beendet hatte, fiel ihm plötzlich ein, und er dachte der Sünde, daß er noch Geld auf sich trug. Geld am Schabbos, wo man überhaupt nichts mit sich tragen durfte, geschweige denn dieses Schlimmste; denn nun mußte der Ruhetag schon begonnen haben. Eilends legte er seine vorne schön mit farbigen kleinen Perlen bestickte Geldkatze ab, die er um den Leib gegürtet getragen hatte, wenn auch ein wenig scheu in dem Gedanken, daß die andern das sahen; er legte sie nebenan auf die Trage, die am Ofen stand.

Nun kamen ihm auch jäh die Lose in den Sinn. Aber war das Geld? Welch eine Frage! Es war nur Papier, ja; aber es hatte Geldeswert jetzt schon, und wieviel mehr, wenn eines davon in der Lotterie herauskam; zehntausend Gulden konnte man gewinnen. Freilich war es Geld, wie hatte er nur einen Augenblick daran zweifeln können! Er mußte es von sich tun über Schabbos, das war keine Frage, doch wohin? Also zog er zunächst den Rock aus und legte ihn über den Stuhl; das entlastete ihn, die Sünde wenigstens war abgewehrt.

Die Bauersleute schlugen ihm vor, er solle der Wärme halber auf der Kunst, der langen Ofenbank, schlafen, und er war damit einverstanden. So legte er sich nieder, nachdem er sich der nassen Stiefel entledigt hatte, als das Licht gelöscht und der Strohsack von der Dienstmagd auf die Kacheln gelegt war, auch die Bäuerin noch einmal nach dem Rechten geschaut und gesagt hatte: »Schlofet denn guet, Hirsch!«

Doch konnte er nicht einschlafen, so matt war er in den Gliedern; zu ungewohnt war die Lage, in der er sich befand, zu schwer dieser Tag gewesen. Alles ging ihm durch den Kopf. Wenn sie nur daheim sich nicht zu sehr um ihn sorgten! Denn wie konnten sie wissen, daß er hier behütet und behaglich lag! Am Ende dachten sie, es sei ihm etwas zugestoßen, er sei in großer Gefahr; und vielleicht ließ die gute Rachel das Gebet deswegen in der Schul sagen. Gefühl überströmte ihn, vom Einschlafen konnte keine Rede sein. Er lag wach, und es kam ihm nicht in den Sinn, daß es die große Hitze war, die der mit den langen Fichtenscheiten geheizte Ofen unter und neben ihm ausströmte, wodurch er hauptsächlich gehindert wurde, zu schlafen. Und bei allen anderen Gedanken wurde er plötzlich bange um sein hartes Geld, vorab um die Lose. Er erhob sich auf die Strümpfe und nahm leise sein Tragbrett und stellte es auf die Kunst, wo er mit dem Kopf gelegen hatte, legte den Geldgurt neben sich, tat auch die Ledertasche aus dem Rock, entnahm ihr die Lose, steckte die Papiere unter das Wachstuch zwischen das kleine Zeug der anderen Waren und tat die Hülle wieder in die Rocktasche. Nun war er ruhig, entschlief.

Als er am Morgen durch ein nahes Geräusch erwachte – im Ofen wurden von draußen neue Scheite nachgeschoben –, stand der Kromer vor ihm, in seinen braunen runden Vollbart hineinlachend, und sagte: »Guete Morge! Hend Er guet g'schlofe?« Hirsch besann sich, alles fiel ihm sogleich ein. Gut hatte er schließlich geschlafen, ja, und heiter war das Zimmer und hell in seiner Täfelung von dem Schneelicht draußen. Auch er lachte, indem er von der Kunst sprang und meinte: »Z'lang han ich g'schlofe. Ich bin halt müed g'si!«

Aber indem sah er in der Ecke des Zimmers, wo der runde Tisch zwischen der Wandbank stand, hoch den Kruzifixus hängen, ein holzgeschnitztes schlichtes Bildwerk. Da überkam es ihn wie am Tag zuvor doppelt als ein Vorwurf: Welch eine Sünde, hier zu sein und nicht daheim am Schabbos unter den anderen in der Schul zu beten, welch eine Sünde! – Da fiel ihm aber ein, was in der Tauro geschrieben steht, und er sagte die Stelle aus der Bibel leis vor sich hin: »Bechol mokaum ascher askir es schemi owau eilecho uweirachticho«, an jedem Ort, wo ich meinen Namen werde nennen hören, werde ich zu dir kommen und dich segnen. Und er war beruhigt; er wollte beten. –

Die gütigen Wirte verstanden und achteten seinen Willen. Sie ließen ihn allein, zumal daß sie den Tag mit ihrem Werk, Arbeit in Haus und Hof, auszufüllen hatten; denn nicht einmal zum Holzen konnte man in den nahen Wald gehen bei der Masse des Schnees. Manchmal schaute eines der Kinder, die noch unerwachsen waren, scheu durch die Tür auf den fremden Mann. Der verbrachte die langen Stunden betend und in Gedanken an die Angehörigen daheim und immer wieder besorgt darum, wie sie sein Fernbleiben ertrügen.

Aber schließlich wurde es Abend; Hirsch, obwohl er sich sagte, daß es nicht ganz dem heiligen Brauch entspreche, ließ sich zwei Kerzen geben für das Sabbatausganggebet und sang auch halblaut die Worte dazu, indes die anderen stumm wie bisher und duldsam ihm zusahen.

»So«, sagte er, »jetzt ist Schabbos vorbei«, und drehte sich zu den Wirtsleuten, »wenn ich nur wüßt, was sie daheim tun, und wer ihnen das Gebet g'sagt hat!«

»Das wird scho in Ordnig si«, meinte der Kromer, »jetzt setzet Ihr Eu zu eus an Tisch und esset. Das möcht' ich nit, so de ganze Tag faschte!«

Und Hirsch wusch sich die Hände und nahm Platz im Kreis der andern. Ein Reststück Dürrfleisch, dessen er nicht mehr gedacht hatte, griff er aus dem oberen Fach seiner Trage, die nun wieder am Boden neben dem Ofen stand, und nahm auch auf das Drängen der Frau doch eine große, runde Schnitte von dem derben, aber saftigen Brot, das sie ihm hingab. Und der Bauer holte eine hohe tropfenförmige, auf zwei Seiten flache Flasche herbei, in die Figuren kunstvoll geschliffen waren: zwei nackte Menschen unter einem einfachen Baum, Adam und Eva im Paradies, darüber aber in einem umstrahlten Dreieck das heilige Auge Gottes. Es war klares und reines Kirschwasser hinterm durchsichtigen Glas, selbstgebranntes Wasser nach der alten Weise; schon der Duft tat wohl. Davon tranken sie aus den dickwandigen niedrigen Gläsern.

Manches wußte Hirsch zu erzählen; und als er berichtete, man höre von draußen aus dem Elsaß, daß die welschen Freiheitsführer auch den Juden alle Rechte der Menschen geben und sie schützen wollten, und daß darum jetzt eine neue Zeit komme, da sprach der Bauer vor sich hin:

»Da wird guet sin!« Und er fragte nach einer Pause mit seiner starken tiefen Stimme: »Wa hend Er mitbroocht, Hirsch? Git's eppis z'handle?«

Hirsch erhob sich, ging zu seinem tragbaren Wa-

renlager und schlug das Wachstuch zurück: »Gueti War' heut! Schaue werdet Ihr!« sagte er. Zuerst zeigte er das Kinderzeug vor; das brachte immer günstige Stimmung; aber die Kinder, zwei Buben und ein Mädchen, wurden hinausgeschickt für eine Weile, weil das die Überraschungen für Weihnachten sein sollten. Da war man bald einig. Dann ging es an die Nägel. Das war eine Sache, die einleuchtete. Kromer meinte zum Knecht:
»Wenn die so guet sin wie die vom Wöhrle z'Bonndorf, isch's damit bei dem vorbi!«, und er kaufte ein Paket gegen eine Flasche Himbeergeist.
»Hend Er au Chirze?« fragte die Frau.
»Freilich, schöne g'weihte von Einsiedle!«
Und er ging zur Trage.
Aber als er das Wachs herausnehmen wollte aus dem unteren Fach, o weh! Da sah er, daß die Kerzen verbogen und zum Teil zerschmolzen waren unter der nächtlichen Ofenhitze, und da er genauer nachschaute, entdeckte er dasselbe beim Siegellack: die braunroten Stangen waren aus der Form und einige flachgeschmolzen, ausgelaufen geradezu, und miteins, da sah Hirsch, daß es über die Lose gegangen war, die er gestern abend hastig da versteckt hatte. Er erschrak, sah nach. Doch Fettflecken hatten nur einige vom Wachs, und lediglich bei einem einzigen war es geschehen, daß der Siegellack es fast ganz überflossen hatte.
Hirsch jammerte: »Unglück muß ich haben, nichts als Unglück!«
»Wa isch denn?« fragte der Bauer. Und Hirsch erklärte alles. »Da isch doch nit schlimm. Zeiget her, i nimm ei's ab!«

Und wirklich, er kaufte eines der Papiere, ungehindert durch den Einwand seiner Frau, was er mit dem vielen Geld denn beginnen wolle, und zahlte sogleich den halben Silbergulden dafür, auf dem das Bild der guten Kaiserin Maria Theresia zu sehen war und den er aus der Schlafkammer geholt hatte. Freilich, er hatte sich das am wenigsten beschädigte und mit Fettflecken versehene Papier ausgewählt; und von dem mit Siegellack gleichsam ganz versiegelten und so für ein Besonderes offenbar verschlossenen meinte er:
»Da do wird wol nüt meh gelte! Da kauft keine ab. Nit emol die Zahl sieht me meh!«
Nun, da würde sich schon ein Weg finden, dachte Hirsch und war unbesorgt. Und als er die Nacht wieder gut geschlafen und am Sonntagmorgen ruhig Tefillin gelegt, in den Gebetsriemen das Frühgebet gesprochen hatte, neugierig, doch achtungsvoll wieder beobachtet von den freundlichen Menschen, die ihn beherbergt hatten, machte er sich auf, begleitet vom Bauern selbst, über die eine Stunde Wegs bis dahin, wo der Postschlitten nun vorüberkommen mußte. Es war ein leichter Weg heute; denn der Schnee hatte sich gesetzt, auch stürmte es nicht. –
Hirsch kam auf den Abend dieses Tages wohlbehalten nach Haus. Freudige Überraschung war allenthalben, sowohl unter den Verwandten als in der ganzen Gemeinde. Wie hatte Gott hier wieder geholfen! Und als Hirsch erzählte, wie er aufgenommen worden war, und daß er gefastet und gebetet hatte, war es der ganzen Gemeinde klar, warum das hatte so befriedigend ausgehen müs-

sen! Ja, sie hatten es einen Augenblick bedacht gehabt, ob sie nicht für ihn beten sollten als in Gefahr, aber der Chasan hatte widersprochen, da es ja nicht gewiß sei, ob Hirsch sich wirklich in Gefahr befinde...

Das Erlebnis schwand langsam zurück. Wochen vergingen und Monate; der Schnee taute, und die Flüsse strömten hoch und über die Ufer, die Wutach und die Schlücht, von der Fülle des Wassers, und ließen beim Zurückgehen armselig die Fische auf den Feldern liegen, rotgepunktete Forellen und große Äschen, die, soweit sie nicht tot waren, immer ein willkommenes Essen abgaben für die Leute im Städtchen... Und Hirsch wanderte weiter ins Land. Woche um Woche, durch den Hotzenwald bis hin zum Kloster von St. Blasien, durch den ganzen Klettgau und wieder hinauf gen Bonndorf zu und manchmal über die Holzbrücke bei Laufenburg in das eidgenössische Land. Langsam setzte er die Lose ab, je nachdem sie mehr oder weniger verschont geblieben waren von dem geschmolzenen Zeug unter der Hitze des Ofens damals beim Kromerbauern. Schließlich blieb ihm eines davon noch übrig, das er trotz aller Überredungskünste nicht hatte absetzen können, weil das Mißtrauen der Käufer größer gewesen war als die Überzeugungskraft seiner Worte; ein Los, auf dem man die Zahl kaum noch zu lesen vermochte, konnte keine Geltung und keinen Wert mehr haben.

So kam der Ziehungstag heran, und Hirsch selbst war im Besitz des Loses geblieben. Sie hatten noch einige Zeit zuvor auf den Vorschlag der klugen Rachel, um alles zu versuchen, ein wenig noch von der harten rötlichen Kruste beseitigen können, indem sie das Papier auf dem Ofen anwärmten. Aber viel hatte das nicht genützt. Nun, so war es liegengeblieben, und Hirsch hatte es am Ende gar nicht mehr mit sich zum Verkauf genommen und fast vergessen.

Die Zurzacher Messe fand statt. Hirsch war nicht hingegangen dieses Mal; er hatte seinen Bruder, den Seligmann, beauftragt, für ihn die Einkäufe zu machen, die nötig waren, da es zu teuer, die Reise doppelt zu unternehmen, und an jenem die Reihe gewesen war. Der brachte am nächsten Tag auch die Liste der gezogenen Hauptgewinne mit, die er sich aufgeschrieben hatte.

Nun, ihr werdet es schon geahnt haben, was geschehen war. Es ist so: Auf dem kläglichen, scheinbar wertlosen Papier, das da herumgelegen hatte, konnten sie eine Zahl entziffern, die in der Ziehungsliste des Bruders stand und auf die der Hauptgewinn mit zehntausend Gulden gefallen war, zehntausend Silbergulden in Worten! Aber sie glaubten zunächst nicht daran. Man ging zum Parnes, der ja der Klügste war, und fragte um Rat. Dessen Meinung war freilich, da sei nichts weiter zu erörtern; nach Recht und Gesetz gehöre Hirsch der Gewinn; doch schlug er vor, Hirsch solle am nächsten Tag selbst nach Zurzach fahren und sich Gewißheit holen, er wolle ihn begleiten. Und so geschah es.

Und Hirsch Bernheim war und blieb der Gewinner der zehntausend Gulden, womit er der betuchteste Mann in der Kehilla wurde. Die war, ebenso wie die nichtjüdischen Bürger, lange Zeit in Erregung

über diesen Glücksfall; über Jahre hin sprach man noch davon.
Und damit wäre diese Geschichte zu Ende, wenn wir nicht hinzufügen müßten, daß Hirsch selbst und seine tüchtige Frau Rachel in ihrem reinen Glauben bekannt gemacht und auch immer wieder, wenn sie es später erzählten, darauf hingewiesen hätten, daß nur durch eine Fügung Gottes solch ein Glück widerfahren sei: weil nämlich Hirsch an dem Tag, der ein Schabbos war, da er in dem einsamen Schwarzwaldhof hatte bleiben müssen, gefastet und gebetet und so sich kasteit habe um Gottes willen, sei er so belohnt worden durch den Ewigen, gelobt sei sein Name! Und alle glaubten daran. Und als der Kromerbauer und seine Leute davon hörten, waren sie gleicherweise überzeugt davon, daß Gott hier habe ein Zeichen gegeben dem, der an ihn glaubte, weil sie gesehen hatten, wie ihr Gast sich an ihn gewandt hatte an jenem Tag. –
Das alles erzählen sie heute noch in der alten Familie der Bernheim jener Gegend. Hirsch hat mit dem Geld den ersten richtigen Laden des Städtchens eingerichtet, voller Waren, die von weither kamen. Alles gelang ihm von da an, und gar bald wählten sie ihn zum Parnes. Und seine Kinder hatten wieder Kinder, zahlreich, und diese wieder bis in unsere Zeit über den großen Krieg hinweg, und sie waren gesegnet ein Jahrhundert lang und mehr in Wohlstand, Ansehen, Friede und Glück, im Leben, Lieben und Sterben; die Männer waren Parnossim in der Kehilla, und die Töchter heirateten weitum in die Lande, in die Schweiz hinein bis

zum Bodensee und gar bis ins Bayrische in die großen Städte. Und heute noch, da schwere Tage noch einmal über uns gekommen sind und manche ins fremde Land haben ziehen müssen, berichten sie ihren Kindern davon, und daß sie nur dadurch, daß der Urahn gottesfürchtig gewesen und den strengen Glauben ans heilige Gesetz gehabt habe, so geworden seien, wie sie jetzt noch waren, um alles bestehen zu können, was über sie kam.

Der Ruf

Ein einfaches und leicht zu tragendes Leben war es natürlich nicht, wie der alte Mendele Weil es nun schon seit Jahren zu führen hatte in dem kleinen Städtchen des Schwarzwaldes. Die Gemeinde mußte ihn unterhalten, und was das heißen soll, wißt ihr; Kosttäge in den Familien herum und eine Dachkammer beim krummen Schmul. Einstens, ja, da war er nicht unbemittelt gewesen und hatte seine Stimme gehabt unter den Leuten. Aber wie das so kommt: ohne daß er es verschuldet hat, fällt manchmal das Schicksal über einen her von allen Seiten, und schon ist es geschehen; wenn er sich nicht selbst fängt im Fallen, dann ist kein Halten mehr... Und schließlich sind ihm auch noch alle die weggestorben, die um ihn gewesen waren aus Familie und Jugendzeit. Niemand wußte mehr etwas mit ihm anzufangen. Freilich, man konnte nichts gegen ihn sagen, er hatte sich nie etwas Ungerades zuschulden kommen lassen; und so nahm sich die Gemeinde seiner an, nicht einmal mit Unwillen, das muß betont werden. Es war auch gut für alle, wenn die Kehilla als solche wohltun konnte, einem der Ihren. Und überdies konnte man ihn immerhin noch für die und jene kleine Arbeit und Verrichtung gebrauchen.

Und was ihn selbst anlangt, so war er gar nicht sehr bedrückt, wenn auch der Kopf und das Gedächtnis nicht mehr recht wollten; auch sah es ein wenig kindisch aus, ja, wenn er manchmal so vor sich hin lächelte und gar mit sich selbst murmelte. Aber er fühlte sich dabei als vollwertiges Mitglied der Gemeinde; nahm man ihn denn nicht als voll in der Synagoge, galt er nicht vor Gott in der Schul soviel wie jeder andere! Und hielt man ihn nicht noch für geeignet, Arbeiten für den und jenen und vor allem für die Kehilla zu tun?

Aber ein wenig Mitleid mußte man schon mit dem kleinen Männchen haben, wenn man es so hingehn sah in seinem kargen gelblichweißen Bart ums faltige Gesicht, ein wenig gebeugt und schleppenden Schrittes.

Manchmal freilich hielten ihn die Jungen zum Narren. Das trug er als selbstverständlich und nahm es gar nicht schwer.

Doch eines Tages, wie um ihn für alles zu entschädigen und zu zeigen, daß er auch für ihn doch da sei, ließ Gott etwas geschehen, das ihn für alle Zukunft, für die wenigen Jahre, die er noch unter den anderen leben durfte, über alle hinhob und ihn weihte, ja in ihm den Gedanken weckte, all das, was ihm früher beschieden worden war an Schwere und Leid, sei darum nur gewesen, so daß er schließlich leicht und wie ein Gottgeweihter hinüberschlafen konnte...

An einem grauen Wintertag also, der nicht durch das milde Licht des Schnees heiter gemacht, und da der Boden hart gefroren war, hatten sie ihm aufgetragen, eine Beige für den Ofen der Synagoge geschnittenen Holzes, die im Hof der Schul stand, wo die Taxushecke den Vorgarten abschloß, in den dafür bereiten Raum des Gebäudes zu tragen. Sehr wichtig nahm der Alte diese Arbeit; er ging geschäftig hin und her, auf den Armen immer einige, aber nicht zu viel, der langen Scheite vor der Brust tragend.

So hatte er es schon mehrere Stunden getan, als oben, wo der Weg sich den Berg hinan aus dem Städtchen zwischen den giebeligen alten Häusern zieht, ohne daß er es bemerkte, zwei Buben gingen, wie sie so zu strolchen pflegen, wenn die Schulstunden aus sind. Es waren jüdische Jungen. Die sahen das Männlein da unten, und wie sie es früher an anderem Orte auch schon getan hatten, rief einer von oben dessen Namen: »Mendele«; einmal rief es so. Kaum hörte das Greislein jedoch hin, kaum hob es den Kopf. Es wußte, um nicht zu frieren in der Kälte und in seinen armseligen Kleidern, durfte nicht eingehalten werden bei dieser schweren Arbeit.

Aber nach einer Weile, schon etwas weiter, und er konnte die Buben nicht sehen, da sie für ihn durch ein Haus verdeckt waren, rief es wieder: »Mendele, Mendele!«

Da blieb er eine Weile stehen, halb aufrecht nur, weil er einen Stoß der Scheite eben auf den Armen hatte, blieb ziemlich lange stehen und schaute und horchte; aber nichts war zunächst weiter zu hören. So lud er auch diese Last wieder im Raume ab und kehrte in den Hof zurück, ging zum Holzstoß.

Und wie er da nun doch sinnend eine Weile stand, ertönte wieder die Stimme, ganz fern war es jetzt und hoch und hell kam sie her, durchfuhr ihn wie ein Licht: »Mendele, Mendele, wo bist du!«

Da fiel jäh die Erkenntnis in ihn; er drehte sich und

lief und lief mit seinen alten Beinen ins Gotteshaus, hinauf zur heiligen Lade, die die Thora enthält, stellte sich vor sie verzückten Hauptes und rief mit lauter und doch zitternder Stimme: »Hineini! Hier bin ich, Herr, hier bin ich!«

Und warf sich nieder zum heiligsten Gebet. Und lag so, lange, die Stirne am Boden im Staub. Und wußte, da ER mit ihm sprach als einem einzig Erwählten...

Und als das kleine Männlein wieder hinaustrat unter den Winterhimmel in seinem allzu weiten Rock, den ihm einer geschenkt hatte, war es verwandelt, und es war ihm leicht wie nie zuvor im Leben.

So hat Gott den alten, viel gebeugten Mendele Weil, den für die anderen elendesten Menschen der Gemeinde, für den Rest seiner Tage doch noch zum Glücklichsten gemacht, so daß er herumgehen konnte unter den Leuten mit dem großen seligen Geheimnis in sich, er sei auserwählt unter allen und vor allen durch IHN für die ewige Zeit.

Der Wald

Es ist zwar in Werblingen nicht so gewesen, daß die Juden sich unter den anderen gegen den Vorwurf, sie seien feige, zu wehren gehabt hätten, denn abgesehen davon, daß sie den Muchel in der Kehilla hatten, der der stärkste und waghalsigste Mann überhaupt in der ganzen Gegend war, was keiner je bestritt, so kannte man sich doch von jeher zu gut, als daß solche Ansichten auch nur jemandem hätten einfallen können, geschweige denn, daß er sie geäußert hätte.

Gerade darum aber mußte es besonders auffallen, wenn es jemanden doch unter den Männern gab, der den Anschein erweckte, als werde er, vor eine Entscheidung gestellt, wo es galt, sich nicht unbedenklich einsetzen – und nicht gewisse innere Hemmungen überwinden, mit einem Worte: nicht tapfer sein. Freilich, man weiß, was es auf sich hat mit der Eigenschaft der Tapferkeit heutzutage, seit wir im Kriege manches erlebt und gesehen haben. Der und jener, der daheim auf dem Kasernenhof unansehnlich und gering war vor den anderen und gar verlacht wurde, weil seine Gestalt einen nicht eben soldatischen Eindruck machte, hat sich draußen, als es auf die seelische Kraft und den Willen ankam, so bewährt, daß alle mit Achtung von ihm sprachen; und das waren oft gerade solche aus unseren Kreisen, weil sie eben – man weiß weshalb – vorher nicht gewohnt gewesen waren, ihren Körper zu stählen. Nun, bei uns auf dem Lande ist auch das anders gewesen; und die aus Werblingen hatten nicht erst die Probe der Schlachten nötig, um darum bei den anderen nicht verschrien zu sein. Die Geschichten vom Muchel, den wir oben erwähnt haben, müssen zu diesem Punkt ein andermal erzählt werden; nicht nur, daß er in der Fremdenlegion gewesen war, es sei nur an die erinnert, bei der er in jenem herbstlichen Seesturm allein mit dem kleinen Schiff auf die wütenden Wellen hinausfuhr, um den schwarzen Naphtali zu retten, dessen Boot mit gebrochenem Ruder schon halb voll Wasser hilflos draußen hin und her geworfen wurde; dabei war er mit dem doch verfeindet gewesen wegen jener Sache, die alle kannten. Damals, lange vor dem Krieg, waren es also andere Proben, die erkennen ließen, ob einer seinen Mann stellen würde oder nicht, wenn es darauf ankäme.

Die beiden Brüder Schmul, der Eisig und der Fromel, galten nie als Helden, ja, man wußte in der Hinsicht genau Bescheid über sie. Aus vielen kleinen Merkmalen ihres Lebens hatten sich die Leute von ihnen ein Bild gestaltet, das, wenn man sie auch im Geschäft und ihrer Tätigkeit beim Handel schätzte, sie doch ein wenig lächerlich machte; so wie es eben doch ist unter natürlichen Menschen, die aus gesundem Empfinden denjenigen nur als voll nehmen, der auch körperlich seinen Mann stellt. Denn die beiden galten als – sagen wir es gelinde – ängstlich. Man wußte, daß keiner von ihnen gern allein über Feld ging, das heißt ins Gäu zum Handel mit den Bauern auf den Höfen oder

auf den monatlichen Viehmarkt nach Heiligenzell, wo jedermann sie kannte.
Selten hatte man einen von ihnen allein auf der Landstraße zwischen den Obstbäumen oder auf schmalem Feldwege an den Rändern der Kornfelder und im Herbst zwischen den Stoppeläckern wandern sehen; fast stets gingen sie miteinander, solange sie draußen waren. Nun ist das an sich eine schöne Sache zwischen zwei Brüdern, wenn sie vereint sind in Kameradschaft und geschwisterlicher Verbundenheit zugleich, stets bereit, sich zu helfen, das wird man zugeben. Doch war es bei denen nicht ganz so, wenn man genau dahinterschaute.
Beide nämlich waren gleichwohl verschiedener Art: der Eisig bedächtig und immer wägend, stets den Kopf zweifelnd hin und her schüttelnd, wenn ein anderer etwas behauptete und wollte; der Bruder Fromel aber hitzig, eigenwillig und ein wenig großsprecherisch. So kam es, daß sie unter sich doch dauernd Streit hatten und das ganze Jahr über wohl keine zwei Wochen so zueinander standen, wie es nach außen den Anschein hatte und wie es Brüdern ziemt: in Frieden zu leben. Sie sprachen oft monatelang nichts miteinander. So machten sie auch nie ein gemeinsames Geschäft, wie es sich für Brüder doch gehört. Und es hatte seinen guten Sinn, daß sie am Jaum Kippur, dem Fasten- und Versöhnungstag, wenn alle, die das Jahr über verfeindet miteinander gewesen waren in der Kehilla, sich versöhnten, sich ebenfalls wahrhaftig ergriffen die Hände gaben und sich um Verzeihung baten...

Nur in einem waren sie einig, und das war darin, daß sie sich, wie wir erwähnt haben, stets begleiteten, auch wenn sie kein Wort miteinander sprachen. Und wenn es im Freien zwischen den Feldern schon nicht weiterging, weil jeder in einem anderen Dorf sein Geschäft hatte, so doch immer wenigstens bis hinter den großen Wald; dann erst jeder allein über die gefrorenen Winterwege im Nebel und durch die Trostlosigkeit der blätterlosen Bäume, oder in der sommerlichen, vom Wachstum der Pflanzen nach einem Gewitter betäubend riechenden Luft; an den Montagen, wenn sie hinauszogen »über Woch«, und an den Donnerstagen, wenn sie zurückkehrten, froh, dem guten Schabbos und seiner Ruhe entgegenzugehen. Das war ihr Brauch. Keiner wußte, ob sie ihn einmal ausdrücklich verabredet hatten, ob ihr Vater, der alte Schmul, es ihnen, bevor er starb, als Versprechen abgenommen hatte, oder ob sie es stillschweigend so übten, weil jeder von beiden darum froh war.
Das also wußte man von ihnen: Unweit des Dorfes, etwa eine halbe Stunde, nachdem man es gegen Weilhofen zu verlassen hatte, dehnte sich etwa eine weitere Stunde hin der nicht allzu dichte Hartwald; nicht allzu dicht war er, aber immerhin ein Wald mit allen Bäumen wirr durcheinander, die es bei uns gab, Eichen, Tannen und Fichten und sehr dichtes Unterholz, freilich in heiterem Gemisch, wenn man sie einzeln sah.
Ein Wald, ja! Und ein Wald kann gefährlich sein. Er war auch noch nicht so gepflegt, wie sie es heute sind. Das Unterholz war dicht, und es gab, wenn man hindurchging, oft ein Geraschel und Gezisch

von kleinem Getier, vom Geschliefe irgendeines Wesens. Auch in unserer Gegend erlebte man es damals zwar schon nicht mehr, daß ein bösartiges Wild Unruhe brachte; selbst Wildkatzen gab es kaum, geschweige denn, daß ein für den Menschen gefährliches Raubtier sich noch gezeigt hätte. Das war lange vorbei. Kleines Getier lief über den Weg, Füchse, gelegentlich ein Wiesel oder ein Marder, und dann und wann stand still und edel äsend ein Reh auf einer Lichtung, während Habichte und Weihen hoch über die Gipfel schwebten.

Aber es war immer ein Wald. Was kann in dessen Abgelegenheit nicht alles geschehen! Und richtig war es auch, daß vor Jahren – sie selbst hatten es freilich nicht erlebt, nur der Vater selig hatte ihnen davon erzählt – in der Nähe von Holzlingen einer aus der Gegend dort im Wald erschlagen worden war. Es mag sein, daß das noch unbewußt über ihnen schwebte. Ja, selten sah man sie allein über Feld gehen; aber niemals vor allem wagte einer ohne den anderen sich durch den Wald, auch nicht mit jemandem sonst aus der Kehilla; das war das Besondere.

Aber alle wußten, daß die beiden überdies nicht schweigend und ohne weiteres durchs Gehölz zogen. Manche hatten es schon hören können, wie es vielmehr geschah. Kaum gelangten sie nämlich an jene Biegung, wo der sandige Weg aus den Feldern zwischen die ersten Tannen führte und der Waldgeruch von Fäulnis zugleich und neuem Wachstum einen umfing, so begannen die beiden zu pfeifen. Sie pfiffen. Marschlieder waren es und

Märsche, wie sie da und dort von Soldaten und Rekruten sie gehört hatten, wenn sie aus den Städten kamen; und vor allem war es der eidgenössische Berner Marsch, der ihnen besonders vertraut war mit seinen soliden, zuversichtlichen Rhythmen von drüben, jenseits der Grenze. Aber nicht nur dieses; indem der Schwung dieser Gesänge, deren Texte und Bedeutung sie oft nicht einmal kannten, in die Ohren klang, so marschierten sie stramm und schritten nach außen mutig dahin, immer tiefer in den unvermeidlichen Wald hinein; damit machten sie sich Mut, dadurch brachten sie die Kraft auf, die Helden, überhaupt hindurchzugehen durch die gefahrdrohende Strecke zwischen den alten Bäumen und den hohen Büschen am Weg; ohne Aufhören wurde gepfiffen, und der Hall und Widerhall füllte den Raum und brach das unheimlich drohende, menschenlose Schweigen. Und verlor einmal einer den Atem oder mußte unterbrechen wegen zu trocken gewordenen Mundes, aus dem er die Luft zum Pfiff durch die Zähne drängte, so stieß er den anderen an, daß der ja nicht aufhörte, seine dünnen Töne zu senden, bis er selbst wieder mitmachen konnte.

Dabei war es keineswegs so, daß ihnen der Wald etwa in den trüben Herbsttagen, wenn der Nebel feucht über die Blätter rann, bedrückender war als die sommerliche Stille überm Gehölz mit Schatten und unregbaren Blättern im Schweigen der Bäume. Nein, gerade dieses war ihnen unbehaglicher, wenn sich der große Himmel darüber wölbte und die Kühle der Baumwände die Sonne vertrieb und draußen stehenließ. Dann begab es sich wohl, daß der Eisig, der groß und stark war, dem kleinen, kurzschrittigen Fromel zurief: »Laut, laut!« und dieser vier seiner Finger, die Zeigefinger und Mittelfinger jeder Hand, in den Mund schob und Pfiffe ertönen ließ, wie wir sie von den Lokomotiven gewohnt sind. Denn dem anderen, dem Eisig, war es nicht gegeben wie dem Bruder, aus sich selbst das Kunststück dieses Signalinstrumentes zu erzeugen, sosehr er ihm auch in allen körperlichen Leistungen sonst überlegen war. Es ist klar, daß sie damit, durch diesen besonderen Ausbruch, auch besonders mutig werden mußten, durch dieses Erschrecken, ja Verjagen der Stille; aber auch geschützt durch die Furcht, die sie irgendwelchen ihnen auf dem schweren Weg begegnenden Leuten, wenn sie sich ihnen etwa bedrohlich nahen wollten, einflößten durch ihr eigenes forsches Gehabe.

Einmal freilich schien ihnen auch das nicht helfen zu wollen, und sie mußten zu einem anderen Mittel greifen, zur letzten Hilfe gewissermaßen, in höchster Not. An einem Spätnachmittage im August kehrten sie miteinander heim. Sie kamen von Riedlingen her und hatten sich, wie verabredet, zu bestimmter Zeit an der großen Weide, bei der Brücke über den Steinbach, getroffen, um gemeinsam durch den Wald zu gehen. Wortlos schritten sie dahin, kaum hatten sie sich begrüßt, nachdem jeder aus einer anderen Richtung mit bestaubten Schuhen langsam angekommen war. Schon waren die Felder abgeerntet; da und dort standen noch Schochen Getreides, und nur fern sah man ab und zu die Gestalt eines zu einem Nachbardorf heimkehrenden Bauern. Der Wald näherte sich, und sie waren eben im Begriff, in den Schatten der stillen Bäume einzutreten, als sich plötzlich aus dem Graben hinter ihnen ein Mann erhob, einer mit gelbem Gesicht und herabhängendem schwarzem Schnurrbart. Nie hatten sie ihn vorher gesehen. Er trug eine lange, unten eng zulaufende Manchesterhose, war ohne Rock, in schmutzigem Hemd. In der einen Hand hatte er einen blinkenden, länglichen Gegenstand, den sie nicht genau erkannten; eine Waffe, so hatte es den Anschein.

»Schemah beni!, do hem mer's« sagte Fromel und wollte sofort zu pfeifen beginnen. Aber sei es, daß sie fühlten, diesem besonderen Ereignis gegenüber werde das bewährte Mittel nichts nützen, sei es, daß sein Mund sowohl wie der seines Bruders vor Schreck jäh ausgetrocknet war, beiden blieb sogleich der Ton weg, keinen Laut brachten sie heraus. Sie gingen schnell weiter, ohne sich umzuschauen, obwohl nun der Mann ihnen etwas zurief, was sie nicht verstanden, aber für eine fremde Sprache hielten.

So blieb der Fremde zurück; doch hörten sie dann und wann seine Schritte, wenn auf dem zerfurchten Weg Steine klirrten, an die er stieß. Und nicht weit waren sie gelangt, als sie auf einer Lichtung waldeinwärts, die im grellen Sonnenscheine lag, noch mehrere Männer und auch ein Weib gewahrten, die, als sie herankamen, sich erhoben und ihnen ebenfalls zuriefen.

Wie aus einem Munde stießen die beiden einen Ausruf von Angst zugleich und der Beschwörung hervor und beschleunigten ihre Schritte, zumal, da sie im selben Augenblick den ersten Mann rufen und die ihm antworten hörten. Wenn ihnen bisher schon das gewohnte Pfeifen, ohne daß sie sich dessen bewußt geworden wären, vergangen war ob dem Schreck über den fremden Mann, ja dieses Fremden überhaupt, so fuhr es ihnen jetzt in die Glieder, lähmend: nun war es da, was sie immer befürchtet hatten, ohne es je ausgesprochen zu haben. Eine Räuberbande war das, die ihnen aufgelauert hatte, es war kein Zweifel. Wenn ihnen früher jemand begegnet war, was sich selbstverständlich dann und wann begeben hatte, so war es bei näherem Zusehen doch immer jemand aus der Gegend gewesen, ein Bauer, ein Holzfäller oder einer von den Ihren, der wie sie über Feld kam. Heute war das anders. Da half kein Pfeifen; wie sollten sie die damit schrecken, wie solch Verdächtigen Achtung von sich einflößen! Dieses Mal würden sie nicht ungeschoren durch den Wald kommen, das war sicher. Angst stürzte über beide her. Nichts konnte hier helfen. Jetzt war es da, kein Ausweichen mehr.

Da fing, wie aus innerer Erleuchtung, der Große, der Eisig, an zu singen, er sang mit der dünnen Stimme, die keineswegs zu seiner Gestalt paßte und ihm von den anderen doch immer ein wenig die Geltung genommen hatte. Er sang:

»Jigdal! Jigdal elauhim chai wejischtabach...«, mit aller Kraft und innerem Gefühl den alten hohen Preisgesang des Glaubens, wie er es gewohnt war aus der Synagoge. Und ohne daß es eines Geheißes bedurft hätte, sang auch der Bruder mit; und sie hörten erst auf, als dieses Lied beendet war. Aber fast eine Stunde Wegs, das ist eine lange Strecke und eine lange Zeit in solcher Lage, und wenige Gesänge gibt es, die so lange vorgehalten hätten, um das allein auszufüllen. So wiederholten sie es. Und weil man das Heilige und Geweihte nicht mißbrauchen darf, so begann der Fromele, als sie mit dem gottesdienstlichen Gesang wieder zu Ende waren, ein anderes, und laut rief er es hinaus, obwohl es Sommer war und ihnen nicht nur die Hitze des Marsches auf der Stirne stand: »Moaus zur jeschuosie lecho noe leschabeijach...«, das Weihelied zu Chanuka, dem Lichterfest, das um die Weihnachtszeit den Sieg der Makkabäer feiert. Und der andere stimmte sogleich befreit ein. Das war noch etwas länger als das erste und war auch im Takt noch besser zum Marschieren; es reichte beinahe aus, bis sie an den Wegstein kamen, der die Gemarkung Werblingen von der Weilhofer trennte und von wo es nicht sehr weit bis ans Ende des Waldes war. Und gerade dieser Gesang, obgleich er ja nur im Winter gesungen werden soll, half offensichtlich. Sicher waren sie geworden, ja mutig, und wußten, es könnte ihnen nun nichts mehr geschehen, kein Lauern und kein Verfolgen konnten sie mehr schrecken. Nun fingen sie wieder an zu pfeifen, es gelang ihnen; sie schmetterten den Berner Marsch hinaus, so, als sei er dem letzten Gesang innerlich verwandt. Und als es sich bald lichtete vor ihnen, traute sich der Eisig sogar, einmal zurückzuschauen. Aber niemanden sah er; und auch nebenan in den Büschen war es ruhig. Da sagte, als sie aus dem Walde traten und die Wiesen des Dorfes freundlich vor ihnen lagen, der

Fromel, tief atmend: »Das möcht ich nit noch emal mitmache, Gott behüt!«

Und der andere: »Nor gut, daß uns Schem jisborach eingefallen is! Vertraue muß mer auf ihn habe.«

Und sie schritten hin, wirklich Vertrauen im Herzen und miteinander innerlich verbunden wie nie zuvor. Vorsätze wuchsen in ihnen wie nach einer guten Tat, und der Eisig meinte weiter: »E große Gefahr hem mer überstande, weil mer z'sammegehalte habe; nie mehr wolle mer mitenander dischputiere.« Und er fing an, halblaut zu beten; das Gebet nach großer Gefahr. – Die Leute aber, die das bewirkt hatten, waren harmloses und gutmütiges Wandervolk, slowakische Kesselflicker und Scherenschleifer, wie sie damals im Sommer manchmal durchs Land zogen.

Die Brautschau

Sie gehörten zu den Betuchtesten im Dorf, und das war gut für den Isi; denn wie hätte er sonst seiner Unersättlichkeit, seiner hemmungslosen Freßsucht, um es ganz klar zu sagen, Genüge tun können. Da stand ihr Haus groß und hochgiebelig am Rande des Dorfes, wo die Straße ansteigt und ins Nachbardorf läuft, es stand fast allein mit Stall und Scheune zwischen den Obstgärten und Feldern, die dazu gehörten, und man sah es von weitem, daß seine Bewohner ein behäbiges Leben führen konnten, so schön war es imstand. Die Leisers saßen seit so lange unter den Bauern hier mit den anderen jüdischen Menschen, daß niemand mehr wußte, wann sie gekommen waren, sie gehörten ins Dorf, so wie es war in seiner Mischung von Bewohnern seit je in friedlicher Gemeinschaft.

Um wieder auf den Isi zu kommen, so gab es, obwohl er noch gar nicht alt war, kaum Mitte der Zwanzig, in der Gemeinde doch schon ein Wort, das ihn genau umschrieb, ja ihn zum wesentlichen Bestandteil machte und ihm jene Stellung anwies, wie sie jeder der älteren Leute auf dem Dorfe bis an sein Lebensende und darüber hinaus zu haben pflegt, der eine wegen *der* besonderen Eigenschaft, der andere wegen jener. Man sagte, wenn einer einmal viel aß, und jeder verstand es: »Er frißt wie Leisers Isi«, und die Juden nannten ihn kurzweg den Achelpeter.

Nun, man weiß Bescheid. Und das war nicht einmal mißachtend und böse gemeint. Denn im übrigen half er seinem Vater schon lange, seit er vor zehn Jahren die Schule verlassen hatte, im Viehhandel tüchtig, und man nahm ihn durchaus für voll, ganz zu schweigen davon, daß er es im Militärdienst bei den schwarzen Dragonern zum Gefreiten gebracht hatte.

Und schon, wenn man seine Gestalt sah, machte er den Eindruck, der keineswegs eine Geringschätzung zuließ, so wuchtig kam er daher, sommersprossig, groß und mit wiegenden Schritten, so wie man's eigentlich von den Seeleuten gewohnt ist; und dabei hatte er nie das Meer gesehen. Also konnte er es sich wohl leisten, sich gerade dadurch von den anderen zu unterscheiden, und man lachte nur gefällig über ihn, wenn man an seine übermäßige Eßbereitschaft dachte, um deretwillen ihm alles andere nichts bedeutete. Manche Geschichte ging über ihn um; und wenn sie ihn an eine besonders tolle Sache erinnerten, dann lächelte er wohl gutmütig, ja fast selbstgefällig, etwa an das Gänsegrieben-Essen damals bei der Tante Fradel – das ganze Dorf nannte sie so –, jenes Wettessen, bei dem er allein die Grieben zweier schwerer Gänse sich einverleibt hatte, ohne daß sich ein Schade gezeigt hätte, obwohl er nicht einmal einen Kirsch hinterhergeschickt hatte, wie sie es in solchen Fällen zu tun pflegten. Oder er sagte höchstens: »Ihr lebt ja auch nicht von der Luft allein, ihr Chamaurim, ihr Esel.« Nun, überklug war er nicht.

Eine, wenn auch nicht die tollste, so doch folgenreichste Geschichte war für ihn aber die, die wir jetzt erzählen wollen; sie war die folgenreichste, weil sie eben nicht *die* Folge hatte, die sie hätte haben sollen. Er war also in der Mitte der Zwanzig mit seinen Jahren angelangt, wie wir schon erwähnt haben, und das war eben die Zeit, in der sie damals gewöhnlich schon daran dachten zu heiraten und es auch konnten, weil sie ihr gutes Auskommen hatten; anders als heutzutage. Und vor allem ließen die Eltern es sich angelegen sein, nicht nur für die Töchter, sondern auch für die Söhne sich umzuschauen in den Nachbardörfern oder weiter herum nach einem Schidduch, einer Partie – und je weiter etwa eine Frau hergeholt wurde, desto vornehmer erschien sie den Leuten mit ihrem fremden Dialekt und den fremden Manieren, so mißtrauisch sie im allgemeinen auch gegen das Fremde waren.

Daß zuerst nach der Mischpoche, der Familie der geplanten Braut, und nach der Mitgift gefragt wurde, wißt ihr. Keine schlechten Ehen sind daraus geworden, und dieser Brauch war nichts anderes, als er es überall unter den Bauern und Fürsten auch zu sein pflegte. Und manchmal war auch die Liebe vorher schon da.

Der alte Leiser also hatte einen Geschäftsfreund, den Meier Ortlieb, der ihm dann und wann aus dem Unterland die schönen gelbbraunen Rinder zu liefern pflegte, die so gut tragen und mit denen die Bauern so zufrieden waren. Sie trafen sich allmonatlich mindestens einmal auf dem Wochenmarkt in Heiligenzell. Denn der Meier hatte einige Stunden Bahnfahrt, so weit wohnte er doch weg, während die Leisers gut zu Fuß dahin konnten, es waren nur fünf Stunden Marsch, ja, nur fünf Stunden, in jener Zeit keine Entfernung für Fußgänger; und zwei kalte, hartgekochte Eier mit trockenem Brot mußten für die Tageszehrung ausreichen, damit sie nicht Schweinernes zu essen brauchten, Gott behüte. Das aber ertrug der Isi selbstverständlich mit heroischer Frömmigkeit, ja, nie war ihm auch nur der Gedanke gekommen, er könnte unterwegs im Gasthaus etwas essen; abgesehen davon, daß das eine unnötige Verschwendung bedeutet hätte, sparsam wie sie waren.

Eines Tages nun meinte der Meier Ortlieb zu Naphtali, seinem Geschäftsfreund, dem Vater unseres Isi, es sei wohl an der Zeit, sich für den nach einer Kalle umzuschauen, nein, um es kurz und klar zu sagen: er habe es schon getan und wisse einen schönen Schidduch, wie sie ihn besser nicht finden könnten weit und breit; wie geschaffen sei das Mädchen und die Mischpoche vor allem für ihn und seinen Sohn. Es sei die Tochter vom Baruch Wolf in Mühlingen, allererste Familie, der Großvater sei lange Jahre Parnes in der Kehilla gewesen. Und die Mitgift! Prima, prima! Blond sei das Kind sogar und im Alter gerade recht.

Naphtali bewegte den Kopf hin und her, von einer Schulter zur anderen. Und obwohl er sich geschmeichelt fühlte durch die besondere Auswahl, die der Meier für seinen Sohn nötig gehalten hatte, und obwohl er selbst sich schon viele Gedanken gemacht hatte über die Zukunft seines Sohnes, auch halbe Nächte schon mit seiner Frau Hindele über die Notwendigkeit, zugleich aber auch über die Schwierigkeit – man weiß warum – gesprochen hatte, für den Isi, auf den sie doch stolz waren, die Frau zu finden, so sagte er: »Sorgen hast du für andere Leut'! Dir pressiert's scheint's mehr als mir.« Und nach einigem Schweigen, so, als sei er gleichgültig: »'s wird wieder ein schönes Geschäft sein, das du da bringst. Mit dir muß man vorsichtig sein.«

Doch kamen sie ins Gespräch darüber, der Meier ließ nicht locker. Freilich, den alten Leiser machte es schon bedenklich, daß das Mädchen so weit her war, aus der Gegend, wo sie sonst schon ins Elsaß hinein heirateten. Von ihrem Ort heiratete man nach Randegg, nach Worblingen oder schließlich noch nach Gailingen, und wenn es hoch kam, doch sehr selten, nach Thiengen. Aber Mühlingen! Wer konnte das übersehen, und außerdem war es eine große Stadt von fast dreitausend Einwohnern.

Nun, alles machte sich schließlich. Der Zufall wollte es, daß die Schwägerin vom Leib Gump aus dem Ort, der seine Frau aus Randegg hatte, nach Mühlingen geheiratet hatte, wo eben die zukünftige Braut her war; und durch diese Beziehung erhielt man genaue Auskunft. Die Väter hatten sich dann gesprochen; auf dem Markt in Heiligenzell hatte der Meier Ortlieb die beiden zusammengebracht, schließlich hatte man sich durch Briefwechsel weiter verständigt, und eines Tages war man einig, und es war so weit, daß man auf die Brautschau gehen konnte, denn immer noch hatte der Isi das Mädchen nicht gesehen, das im übrigen Clementine hieß, ein Name, den es hierzulande nicht gab, und die Mutter Leiser hatte gleich gesagt, das komme vom Elsaß und vom Französischen.

Es war im Herbst nach den hohen Feiertagen, als die Blätter schon zu fallen anfingen unter den ersten Stürmen und die Felder leer waren – gerade hatte man die letzten, die Clausen-Äpfel von den Bäumen getan, die erst Ostern weich zu werden beginnen –, und da auch im Handel sich jetzt nicht mehr viel tat, so daß man gut einige Tage weg konnte; Martini, wo gezinst wurde, war andererseits ja auch erst einige Wochen später.
An einem Freitagmorgen, sehr früh, fuhren sie los, Vater und Sohn; denn man mußte doch rechtzeitig eintreffen, um nicht in den Schabbos hineinzufahren, wegen der Sünde sowohl als auch wegen des schlechten Eindrucks, den es bei den anderen gemacht hätte. Die hatten die beiden eingeladen, bei ihnen zu wohnen, obwohl selbstverständlich die Schwägerin vom Leib Gump und ihr Mann erklärt hatten, sie ließen es sich nicht nehmen, sie zu beherbergen. Aber schließlich und nach reiflichen Erwägungen mit der Frau Hindele hatte Vater Leiser doch zugesagt, bei Wolfs, den Brauteltern, zu wohnen, ihnen die Ehre anzutun, wie diese in ihrem Briefe meinten.
Bevor sie abreisten, mußten Vater und Sohn noch einmal essen, denn tagsüber gab es ja nichts Warmes mehr auf der Reise, obwohl Hindele natürlich drei schöne Gänsedichte, eingewickelt in braunes Packpapier, mehrere mit Gänsefett bestrichene Brote und für jeden vier hartgekochte Eier in die Handtasche versenkt hatte, ungeachtet die Flasche herben Rotweins. Die heißgesottenen Knoblauchwürste, die sonst für Freitagabend, für Schabbos-Anfang, bestimmt waren, setzte die Mutter eben

jetzt in der Frühe schon vor, wenn auch die Männer erst eine Stunde vorher, morgens um fünf Uhr, schon Kaffee getrunken hatten mit trockenem Brot und zwei Eiern, Kaffee mit frischgemolkener Milch...

Nun, während der Vater zwei Würste aß, erledigte Isi seine vier mit dem feinen prickelnden Meerrettich und den in Gänsefett gebratenen Kartoffeln. Die Mutter, wie sie ihn so sitzen und in gewohnter Weise essen sah, flehte den Sohn noch einmal, wie all die Tage zuvor schon, an:

»Tu mir den Gefallen, tu's mir zu lieb, Isi« – sie betonte das *mir* sehr – »und nimm dich in acht! Die paar Tag' wirst es schon aushalten. Eß nit so viel, nimm von jedem Gang nur einmal, benimm dich anständig. Das sind bekowede Leut' wie wir, die das nit gewohnt sin! Was werde die sonst von deiner Erziehung denke!«

»Sei ruhig, Mame, ich weiß, was sich gehört und was ich zu tun hab'. Wie oft hast mir's jetzt schon gesagt. Schließlich bin ich doch kein Kind mehr«, erwiderte der Sohn. – Nein, ein Kind war er nicht mehr.

»Nun, nun, ich kenn' dich doch. Man wird noch etwas sagen dürfen.«

Der Vater schwieg dazu. Aber als Isi schon auf der noch dunklen Straße stand mit der schwarzen, flachen, unten weiten Handtasche, hielt Hindele ihren Mann unter der Tür noch einmal an und sagte besorgt:

»Laß es dir von ihm noch mal in die Hand versprechen, daß er sich in acht nimmt, sag's ihm, bevor ihr aus dem Zug steigt.«

»Schon gut, schon gut«, erwiderte er bereits auf der Treppe.

Eine Stunde hatten sie zu gehn bis zur Bahnstation. Kurz nachdem sie das Dorf verlassen hatten, gesellte sich zu ihnen der Bürgermeister des Dorfes, Kaspar Löhle, der in die Stadt aufs Amt mußte, zur Bezirksratssitzung. Er war ein Jugendkamerad von Naphtali und wußte wie das ganze Dorf natürlich, worum es ging. So sagte er nach einer Weile, nachdem man sich eine Zeitlang über den Drusch des diesjährigen Kornes und über das Kalben der Kuh unterhalten hatte, die Naphtali ihm im Frühjahr hatte verschaffen können, unvermittelt:

»Guet koche mueß das Meidli chönne, wo dem Isi sini Frau were will, gel!« und lachte, indem er dem Jungen mit der flachen Hand auf die Schulter schlug.

Naphtali antwortete: »Das ka sie au; kasch sicher si, daß mer danoch g'frogt hond!«

Und als sie sich verabschiedeten, rief ihnen der Kaspar noch von weitem nach: »Viel Masel!«, glückwünschte er ihnen so.

Kurz vor der Ankunft in Mühlingen – der Tag war ihnen, die sonst immer im Freien unterm Himmel zu sein pflegten, sehr lang erschienen, und solch weite Reise hatte der Isi überhaupt noch nie gemacht, nicht einmal im Manöver – kurz vor Mühlingen also erinnerte sich Naphtali des Rates seiner Frau Hindele und sagte zum Sohn: »Also nimm dich in acht, denk dran, was die Mame dir gesagt hat! Gib mir die Hand und versprich mir, daß du nit mehr als einmal von jedem Gang nimsch und nur, wenn sie dich auffordern.«

Isi zauderte, machte ein unwilliges Gesicht und schaute aus dem Fenster. »Wird's bald?« mahnte der Vater. Da gab ihm der Sohn die Hand und zog sie sogleich wieder zurück. »Wenn's dich beruhigt«, meinte er dazu. Ja, nun war der Vater ganz beruhigt.

Sie wurden an dem kleinen Bahnhof, der ein wenig abgelegen vom Städtchen lag, von Baruch Wolf erwartet. Er hatte schon seine Schabboskleider an, den langen schwarzen Rock und den steifen Hut dazu, und ging, die Hände auf dem Rücken, unruhig hin und her. Seine Unruhe hatte zwei Gründe: der eine war natürlich in der Befangenheit aus der ungewohnten, einmaligen Stellung als Brautvater, und der andere war der, daß man in kaum einer Stunde schon für den Vorabend-Gottesdienst zur Synagoge ging; und was mußte nicht vorher noch erledigt werden.

Aber es verlief alles programmäßig und gut, man hatte doch seine Lebensart, da paßten sie beide zusammen, die Familien, das sahen sie gleich; und vor allem gefiel der junge Mann dem Baruch ordentlich. Heute sprach man ohnedies nicht vom Anlaß des Besuches, auch morgen am Samstag wollte er darüber schweigen; das sollte am Sonntagmorgen erledigt werden, wie es sich gehörte und wenn man sich ein wenig näher kannte. Es war ein Aufschub, der über die erste Befangenheit wegen der doch immerhin heiklen Sache hinweghalf.

Als sie die zwischen zwei bebauten Hügeln laufende Hauptstraße des Städtchens mit den alten Häusern hinabgingen, standen da die Leute und

schauten, feierlich gekleidet auch wie sie. Es war selbstverständlich, daß Naphtali und Isi Leiser schon auf der Reise die Festtagskleider getragen hatten. Und auch hier wußte man, was ihr Besuch zu bedeuten hatte, und begann Vater und Sohn abzuschätzen.
Daheim hatten sie eben Zeit, sich vorzustellen und sich zu begrüßen. Die Tochter, die Clementine, stand bescheiden abseits; mit ihren ein wenig rötlichen Haaren, die der Isi sogleich sah, wobei er daran dachte, daß der Meier Ortlieb ja blonde versprochen hatte. Nun, blond oder ein wenig rötlich, das ist beinahe gleich. – Die Lichter brannten schon auf zwei hohen silbernen Leuchtern. Ja, bekowede, feine Leute waren das, überlegte schnell Naphtali. Die Mutter meinte noch, die Herren würden wohl Hunger haben, und es sei schade, daß man jetzt sogleich zur Schul müsse; aber nachher sei ja dann der Appetit um so besser. Isi dachte: es riecht nach Fisch. Auch gut; es war ja Freitagabend, so lange wird man's schon aushalten noch; und es fiel ihm ein, daß der Vater ihm unterwegs ja zwei von den gebratenen kalten Gänsekeulen abgelassen hatte, auch würde dieser Vorabend-Gottesdienst bald vorbei sein.
In der Synagoge schien es allen heute besonders feierlich, wie es immer war, wenn fremde Leute am Gottesdienst teilnahmen... Dann kamen sie nach Haus, man wünschte »Gut Schabbos«, die Väter segneten ihre Kinder, und man setzte sich zu Tisch. Erst gab es Nudelsuppe. Was sollte es anderes geben als Nudelsuppe am Freitagabend! Feine fadenartige Nüdelchen mit den grünen frischen

Kräutern gewürzt. Gut duftete sie. Behaglich schlürfte der Isi. Nun, damals schlürfte man noch, schön laut, wenn man zeigen wollte, daß es gut schmeckte. Aber er nahm nur einmal, wenngleich Frau Wolf den bis obenhin gefüllten silbernen Schöpflöffel ein zweites Mal in seinen Teller schütten wollte. Nein, danke. Obwohl er daheim doch mindestens zweimal genommen hätte, schon um des Geschmackes willen, so war das immerhin leicht zu überwinden, Suppe.
Dann Fisch, selbstverständlich auch Fisch. Was war das für eine Art? Die hatte er noch nie gegessen, mit dem breiten Kopf und dem Schnurrbart am Maul, und noch nie gesehen. Aha, Karpfen, wie der Vater sachverständig meinte; mit brauner Soße und Rosinen. Daheim gab es zarten, fast grätenlosen Felchen, blau, aus dem See, oder Hecht, den manchmal sogar mit schöner gelber Mayonnaise, die die Mame am besten zu bereiten verstand im Dorf. Der hier war voll kleiner Gräten, man konnte sich nicht genug in acht nehmen, ein Vergnügen war es nicht, wenn auch die dicke Soße vorzüglich schmeckte. Nein, auch hiervon ließ er sich nur einmal vorlegen, und es war nicht allzu schwer, zu entsagen.
Darauf aber gab es Suppenfleisch, schön saftiges Ochsenfleisch, wie daheim, mit zerriebenem Meerrettich, roten Rüben und jungen kleinen Kartöffelchen. Das schmeckte.
Man unterhielt sich, suchte gemeinsame Bekannte zu entdecken, indem man mit den Verwandten vom Leib Gump im Heimatdorf, die die Auskünfte erteilt hatten, begann. Die wollten nach Tisch über-

dies ein wenig »herüber« kommen. Clementine und Isi schwiegen meist, wie es sich geziemte.
Ja, beim Ochsenfleisch hätte es beinahe ein Unglück gegeben. Isis Hunger war zu groß nach der langen anstrengenden Fahrt heute, das darf nicht vergessen werden. Frau Wolf hatte ihm ein zweites Mal angeboten, und schon war er im Begriff gewesen, den Teller hinzuschieben für das schöne längliche Bugrippenstück, als ihm sein Vater, der neben ihm saß, einen schwachen, nach außen scheinbar zufälligen Stoß mit dem Ellbogen gab; da zog er den Teller zurück und sagte mit schwacher Stimme: »Nein, danke! Wirklich nicht!«
Frau Wolf aber meinte darauf: »Aber hören Sie, wie kann ein junger Mann wie Sie so wenig essen, das versteh' ich nicht. Man könnte glauben, es schmeckt Ihnen nicht!«
Da aber griff der Vater Naphtali Leiser zur rechten Zeit ein und sagte: »Ja, Sie haben recht, Frau Wolf: Das ist auch daheim immer die Schwierigkeit mit dem Jung. Seine Mama weiß sich manchmal nit zu helfe vor Sorg; so wenig ißt er. Alles Zureden hilft nichts.« Freilich, dabei beugte Naphtali sich etwas über den Tisch und schaute schief in seinen Teller. Und so überstand der Isi auch diese Gefahr.
Doch als es dann an die Nachspeise, den Schalet, ging, hatte der Vater ein Einsehen, Nudelschalet mit besonderen Zutaten, die sie nicht alle kannten – es müsse ein elsässisches Rezept sein, dachte der Alte – ganz weich nur gebacken war es mit vielen Mandeln und Früchten, und schön fett; er sagte, als Isi seinen Teller leer hatte und von sich schob, auf eine Frage von Frau Wolf:

»Jetzt hab' ich selbst aber genug! Nimm dir noch mal.«
Da griff der Isi zu und schaute den Vater dankbaren Blickes an.
Aber gesättigt war er natürlich auch davon nicht, das wird man verstehen, nach allem...
Der Abend verlief jedoch dann behaglich und gut. Der Schwager vom Leib Gump und seine Frau kamen; sie sprachen von der Gegend daheim und die Männer natürlich vom Geschäft und den Läuften hier und dort, und wie schwer die Zeit sei.
Die jungen Leute saßen dabei und nebeneinander. Ziemlich schweigsam waren sie; worüber hätten sie sich auch unterhalten sollen, da es noch kein Kino und kein Tennis, noch keine Reisen und noch kaum Bücher gab, die man gelesen haben mußte; wenigstens der Isi wußte nichts davon. – Auch die anderen taten so, als ob sie nicht wüßten, worum es gehe. Nur einmal sprach der Nachbar den Isi an, kniff ein Auge und sagte:
»Na, wie is es?«
Das war ein wenig plump und taktlos. Und als der befangen lächelte, ohne zu antworten, fügte der andere auch noch hinzu:
»Kochen kann se wie keine hier. Was, Clementine!«
Am nächsten Morgen konnte Isi zum Kaffee wenigstens zwei große Stücke vom Gugelhupf erlangen, der gerade so gut war wie der der Mame daheim, so schien es ihm, Mandeln oben drauf und innen viel Rosinen.
Dann ging es in die Synagoge zum Morgengottesdienst. Als man nach zwei Stunden zurückgekehrt

war und er ins Haus eintrat, roch dem Isi die gesetzte Supp', Bohnensuppe, um es genau zu sagen, und das Höchste, was es für ihn darin gab, in die Nase. Und jetzt spürte er erst, daß er Hunger habe, daß er sich seit gestern nicht mehr recht hatte satt essen können. Und viele andere Gerüche lockten aus dem großen, schon winterlich geheizten hellgrünen Kachelofen, der ein gut Teil des Wohnzimmers einnahm. Könnte man nur schnell auf kurze Zeit entwischen, um sich ordentlich etwas zum Essen zu kaufen, um die Zeit bis Mittag zu überstehen. Aber da fiel ihm ein, daß ja Schabbos war. Wie hätte er da kaufen dürfen, kein Gedanke daran, selbst wenn er gewußt hätte, wo das Nötige zu haben war. Es mußte also überstanden werden. Die beiden Väter hatten auf dem Heimweg beredet, daß die jungen Leute nun doch ein wenig miteinander allein gelassen werden sollten, die Mutter sollte das anordnen. Nun, sie erledigte es sachverständig und taktvoll: »Clementine«, sagte sie, »zeig dem Herrn Leiser mal die Gegend, geh mit ihm ein wenig auf den Waldbuck, zeig ihm, wie schön's hier ist.«

Wir könnten diesen Spaziergang übergehen, er ist nicht sehr wichtig für den Ausgang der Geschichte. Nur soviel sei gesagt, daß dem Isi bange wurde, weil Clementine dauernd von ihren Erlebnissen in dem französischen Pensionat und ihren französischen – man denke: französischen – Freundinnen erzählte und manchmal sogar eines solch fremden Wortes sich bediente; es war ihm unbehaglich zumut, abgesehen davon, daß er heftig an seinen Hunger denken mußte.

Aber schließlich war Mittagszeit, endlich, und als sie nach Hause kamen, warteten die anderen schon auf sie, um sich zu Tisch setzen zu können.
Der alte Leiser hatte sich schon gedacht: nun ist alles bald überstanden, hatte seinen Sohn sehr heiter begrüßt, denn zuvor hatten die Eltern des Mädchens sich freundlich über ihn geäußert.
Es gab also zuerst die gesetzte Bohnensuppe. Davon sollten alle nur einmal nehmen, das hatte Frau Wolf selbst gemeint, weil die so sehr sättige, daß sie nachher keinen rechten Appetit auf das haben würden, was die Hauptsache sei... Dann kam zartes Kalbsragout, fein mit Nelken gewürzt, und dazu Blumenkohl. Wenn das die Hauptsache ist, dachte Isi, davon, von diesem leichten Zeug, wird man nicht einmal satt, wenn man nehmen darf, soviel man will. Er war unwillig und ungeduldig geworden und sagte sich: jetzt ess' ich erst recht nichts davon, auch wenn sie mich noch so sehr auffordern.
Übrigens wurde vergessen zu bemerken, daß sie dazu einen, wie ihm schien, etwas zu süßen Weißwein tranken; auf der Flasche war ein Etiquette mit einem fremdsprachigen Namen, und Herr Wolf hatte ausdrücklich darauf hingewiesen als auf etwas Besonderes.
Dann gab es nun wirklich die Hauptsache, und damit kam es, wie es eben kommen mußte nach allem, was wir wissen: Gefüllter Gänsebraten. Es war eine riesige Gans, mattbraun, und vornehm mit weißen Manschetten am Ende der abstehenden Keulen, und was für Keulen waren das, Isi schätzte sogleich ab; und das Tier war nicht ge-

schunden, hatte noch die dicke, fette Haut. Und dieses war es nicht allein; daneben stand eine Schüssel köstlichen Kastanienpürees, das hatten sie daheim, wenn er sich recht erinnerte, erst ein einziges Mal gehabt, zur silbernen Hochzeit der Eltern.

Die Gans wurde auf dem Tisch zerteilt; Herr Wolf mußte helfen. Seine Frau legte dem Isi, nachdem dessen Vater sich sein Teil genommen hatte, da sie nun Bescheid zu wissen glaubte über seinen Bedarf, ein Stück vor, ein ansehnliches, wie sie meinte; doch ihm schien es keineswegs ausreichend. Er aß. Und als er damit zu Ende war, nahm er auf die ein wenig schüchterne Frage der Hausfrau kurzerhand die eine große Keule, die noch da lag; doch das wäre noch nicht einmal so schlimm gewesen, wenn er nicht, als der Knochen zutage kam, ohne weiteres beide Enden in die Hände genommen hätte, breit und befriedigt und sich um nichts kümmernd, wie es schien, und begonnen hätte, die Fleischstücke abzureißen, wortlos und ganz versunken, ungeachtet der Ladungen von Püree, die er zwischenhinein mit der Gabel dazu beförderte. Er sprach nichts, so schweigsam er auch vorher schon gewesen war. Nun, einmal mußte er auch damit fertig werden, dachte sein Vater, der auf seinem Stuhl schon seit einer Weile hin- und herrückte. Aber Isi war keineswegs zu Ende, als die Keule nur noch Knochen und das geringste Stückchen Fleisch beseitigt war; ohne aufgefordert worden zu sein – die Wolfs hatten sich schon ein wenig mit bedeutungsvollen Blicken angeschaut, und das hatte Naphtali Leiser wohl gesehen –, nahm

der immer Hungrige ein großes Bruststück von der Platte auf seinen Teller und lud noch einmal Kastanienpüree mit reichlich gelben Kartöffelchen dazu. So stieß ihn sein Vater zunächst sachte mit dem Knie, nur um ihn zu erinnern zunächst; aber als das trotzdem so fortging, stieß er ihn heftiger und zischte ihm schließlich zu:
»Hör auf! Schön hältst du dein Wort, du Esel!«
Da erwiderte der Sohn halb trotzig und halb verzweifelt und ein wenig zu laut:
»Ach, laß mich esse. Ich nehm sie ja doch nit...!«
Und er aß und aß. Nun, was dann kam, werdet ihr euch denken können. –
Es ist aber nie ganz geklärt worden, ob der Isi das Mädchen wirklich nur deswegen nicht geheiratet hat, weil es ihm nicht gefiel, oder vielmehr nur darum, weil er eben seinem unstillbaren Hunger, seiner großen Leidenschaft, unterlag. Wir wollen und brauchen es nicht weiter zu erörtern. Jedenfalls ergab sich daraus jenes ewige Mißtrauen, um nicht zu sagen, jene Feindschaft der Mühlinger gegen die in unserem Ort, die es verhinderte, daß je wieder ein Schidduch zwischen den beiden Kehillaus zustande kam, und um deretwillen es sich wohl lohnte, daß diese Geschichte erzählt worden ist.

Der Fisch

Wenn der Jaune auf die Sparkasse von Emmern ging, um auch nur fünfzig Franken auf Zinsen zu legen, drei Prozent, um jene Zeit ein hoher Ertrag, so zog er dazu seinen schwarzen, feierlichen, wenn auch abgetragenen Gehrock und den steifen, ebenfalls schwarzen, obgleich schon etwas grünlich gewordenen Hut an. So wichtig und festlich schien ihm die Tatsache, daß es ihm wieder gelungen war, etwas zur Seite zu bringen.

Nicht weit von Werblingen, aber jenseits der Schweizer Grenze, liegt das Städtchen mit der Sparkasse der Umgegend. Auch die jüdischen Leute aus dem Ort brachten dorthin in das friedliche Land ihr Erspartes. Viel brauchten sie ja nicht fürs Leben, und fast alles Bargeld, das sie einnahmen, konnte auf die kleine Bank gelegt werden, zu der sie Zutrauen hatten wie ein Großkaufmann damals etwa zur Bank von England; denn die meisten von ihnen zogen ihre Nahrung wie die nichtjüdischen Nachbarn aus eigenem Garten, Acker und Stall. Und Nebenausgaben? Am Samstag, bevor sie zum Nachmittagsgottesdienst gingen, saßen sie in der braungetäfelten Gaststube der »Krone« und spielten Zego zwischen den immer über den Tisch kriechenden Fliegen; es war das urtümliche Kartenspiel der Gegend an der Grenze. Aber nicht einmal dieses gönnte sich der Jaune, wie die anderen alle es taten, denn dabei konnte er auch bei größter Vorsicht in Verlust geraten, ganz zu schweigen davon, daß er eine Zeche machen und seinen Kaffee mit Kirsch oder ein Viertel roten Veltliner hätte zahlen müssen.

Sein Name übrigens bedeutet auf hochdeutsch Jonas, und der ist ja früher schon einmal im Zusammenhang mit einem Fisch genannt worden, wie man weiß; denn auch hier haben wir von einem solchen zu erzählen.

Jaune war ein älterer Mann, hoch in den Sechzig, der größte übrigens an Gestalt im ganzen Dorf; und er hatte mit seiner Ehefrau Gidel, was Gudula auf hochdeutsch ist, viele Jahrzehnte Zeit gehabt, ein Vermögen zu sammeln durch ein Verhalten, das man nicht mehr Sparsamkeit zu nennen brauchte, sondern ruhig mit Geiz bezeichnen konnte. Sie »gönnten sich nichts«, und jeder im Dorf wußte es.

Zwar waren sie alle sparsam, doch was die beiden sich leisteten, das ging zu weit. Manchmal fragte man sich, wovon sie überhaupt lebten; denn Geheimnisse bezüglich der Lebenshaltung der einzelnen gab es im Orte nicht. Alle wußten, daß der Jaune und seine Frau sich, um wieviel weniger anderen, nicht »das Schwarze unterm Fingernagel« gönnten, wie der Vorsteher Rotschild einmal deutlich, wenn auch etwas zu bissig, seiner Art nach, gesagt hatte.

Mußten sie wohl oder übel doch etwas kaufen, etwa den Segenwein für Samstag oder die Feiertage, oder Fleisch oder Fisch für die Feste, so war es selbstverständlich das Billigste, was aufzutreiben war, ja, sie gaben sich zufrieden mit den Abfällen und dem, was die anderen niemals wollten. Da kam Jaune dann daher über die Dorfstraße, auf der offenen Hand das Erworbene vor sich haltend, ein wenig vorwärts geneigt und zufrieden auf die billige Beute schauend; und jedermann sah es und spürte ein wenig Verachtung. Auch wenn er mit der Fischfrau wegen zweier Weißfische für Freitagabend eine Viertelstunde lang feilschte, nur um sie für einige Pfennige billiger zu erhalten, lachten die anderen hämisch aus den Fenstern oder hörten, daneben stehend, mit sprechenden Mienen zu; denn die Art Fische war für die Festlichkeit, um die Braut Sabbat zu begrüßen, allen übrigen zu gering. Ja, dieses alles mußte er, der Mann, selbst besorgen, denn seine Frau Gidel war seit langem fast ganz gelähmt. Fast niemand erinnerte sich mehr, sie je auf der Straße gesehen zu haben; nur ihre Stimme kannte man sehr wohl im Hinterdorf. Denn sie schlossen auch nie die Fenster, wenn sie zweierlei Meinung waren. So also waren die beiden. Mit einem Wort, wie manche es schon ausgesprochen hatten: »Man roch den Geiz geradezu an ihnen.«

Am besten aber ergibt sich, wie es um den Jaune bestellt war, aus einer Antwort, die er dem Kantor der Gemeinde, Herrn Stein, einst gab, als der erörterte, daß dem lieben Gott nach dem heiligen Gesetz heute nicht mehr Opfer dargebracht zu werden brauchen, sondern daß es genüge, im Gebet und Wohltun die höchste Pflicht zu erfüllen. Jaune sagte nämlich dazu: »Da sin mer meiner Seel' wohlfeil davongekomme!«

Jaune gegenüber am Eingang des Dorfes an der großen Straße, die ins Weite führte, wohnten in einem ansehnlichen Haus die alten Seligmanns. Die Frau dort, das Breindel, war die Schwester des Jaune, und ihr Mann Aron, also sein Schwager, obwohl völlig anders geartet, freigebig und dem guten Leben offen, war auch sein Freund über das Verwandtschaftliche hinaus. Doch bestand zwischen ihnen, wie es üblich ist unter Altersgenossen, die gewohnt sind, sich von Jugend auf aneinander zu messen, in manchem eine Rivalität. –

In den Sommermonaten bis in den Herbst hinein kamen die Fischfrauen von jenseits des Berges um den See; einen weiten Weg hatten sie jeweils zu machen, indem sie ihre weidengeflochtenen Kinderwagen viele Stunden vor sich herschoben, darin sich, sorglich zwischen große frische Krautblätter gelegt, die Fische befanden: tigrig gestreifte Barsche, moosfarbene Schleien, Weißfische mit den rötlichen Flossen, graugrüne scharfmäulige Hechte, oder Felchen von zartestem Fleisch ohne die vielen Gräten wie bei den anderen, und selten einmal eine große Forelle, zu kaufen nur von den ganz Betuchten, und von denen nur für die hohen Feiertage.

An einem Freitag, der zufällig auch der Vortag des Festes war, das Pfingsten entspricht und dem Volke gegeben wurde zum Gedenken des Tages, da es die Thora mit den Gesetzen erhielt, an einem sonnigen Frühmorgen im weißrötlichen Blust der Apfelbäume ringsum, hielt auf der Straße, die den Hang herab aus den Nachbardörfern kam, zwischen den Häusern die Frau des Fischers Hofer aus einem der Nachbarorte, die sie hier alle kannten; drei Stunden hatte sie ihr Korbwägelchen geschoben, und sie stand ein wenig erhitzt von der Junisonne mit rotem Gesicht unter dem weißen Kopftuch.

»Fisch, Fische!« rief sie mit ihrer hohen Stimme und zog den letzten Laut lang hin.

Darauf trat nach einer Weile aus dem langgestreckten Haus gegenüber, links der Straße, wenn man von auswärts kam, auf die Steintreppe unter dem grünen spitzen Blechdach darüber, der Aron Seligmann und rief der Händlerin zu:

»Wartet en Augeblick, Frau, mi Frau chunt gliich.«

»Isch recht, Herr Seligmann.«

Doch ging Aron nun nicht zurück ins Haus, sondern, obwohl er selbst nie solche Käufe tätigte, weil das Frauensache und unter seiner Würde war, schritt hinab auf das Wägelchen zu.

»Wa hän er für Züg?« fragte er.

»Jo, allerhand! Aber grad für Euch und für d'Feiertäg e prachtschöni Forell, wie mer scho lang keini meh g'fange hend; vier Pfund im G'wicht.«

»Wa Ihr nit säget; lond sähe!«

Da hob die Frau den außergewöhnlich schönen Fisch, der zwischen zwei breiten Krautblättern gelegen hatte, heraus und zeigte ihn stolz vor, so als habe sie ihn selbst geschaffen; und die Forelle glänzte, und die roten Tupfen leuchteten auf in der Sonne.

»E schöns Stuck, do hend er recht! Wa soll's koschte?« fragte er.

»Drü Mark, weil Ihr's sind!«

Indem aber kam eine Männerstimme aus dem ersten Stock des gegenüberliegenden Hauses; der Jaune hatte, wenn er auch nicht verstehen konnte,

was da unten gesprochen wurde, doch beobachtet, was vorging, auch den großen Fisch gesehen, und rief nun:
»Wa git's do, hen er ebbis Guets, Frau Hofer?«
Allein, noch ehe die antworten konnte, gab Aron Seligmann seinem Schwager Bescheid:
»Nichts für dich, viel zu teuer!«
»Dein Geld brauch' ich jedenfalls nicht dazu«, erwiderte der.
»No, und die Gidel wird da auch no a Wort mit z'rede habe, soviel mer weiß«, sagte lachend und nicht sehr taktvoll der gute Freund und Schwager.
Da rief Jaune von oben herab:
»Wa koscht der Fisch, Frau Hofer, unb'sehe?«
»Drü Mark«, wiederholte ihm die Frau.
»Isch verkauft!« rief er sogleich; ach, sehr unüberlegt und zu schnell, von seinem Stolz jäh bezwungen, hatte er es gerufen. Er hätte es nicht tun sollen, so wie wir ihn kennen, nur aus Eitelkeit und um dem Schwager eines auszuwischen, der sich immer für etwas Besseres hielt, nur weil er das Geld leichter ausgab. Schon auf der Treppe kam ihm unklar die Reue. Und als er unten nun ebenfalls vor dem Wägelchen stand, versuchte er es:
»Billiger gend Ihr en nit?«
»Nei, Ihr hend en ja scho 'kauft!« wehrte sie.
Und so blieb der feine Fisch an ihm hängen; und seine Schwester und Nachbarin Breindel mußte, als sie schließlich kam und ihr Mann Aron ihr lachend erzählt hatte, was geschehen war, mit einem zweipfündigen Hecht vorliebnehmen. Jaune stand da, holte wohl oder übel einen Taler aus dem Beutel, der ein zugebundenes Stück getrockneter

Schweinsblase war, und zahlte mit bitteren Fingern. Dann nahm er den Fisch und trug ihn auf beiden Händen vor sich her hinauf. Und es währte nicht lange, so hörte man von oben sehr laut die Stimme Gidels, ziemlich deutlich konnte man »meschugge« verstehen und »Stück Unglück, das ich hab'«.

Was sollten sie mit einem Fisch anfangen, der vier Pfund schwer war, mit einer Forelle gar, die, das Schlimmste, volle drei Mark gekostet hatte? Eine Verschwendung wäre das, nicht zu verantworten in alle Zeit. Es mußte vermieden werden. Sie berieten; und der Erfolg der Beratung war, daß Jaune nach einer Weile und nachdem er aus dem Fenster geschaut hatte, um festzustellen, daß er nicht beobachtet werde, das Haus verließ, sein kleines Henkelkörbchen am Arm, und eilends nach dem Vorderdorf schritt. In dem Körbchen lag der Fisch zwischen einigen kargen Grasbüscheln und eingeschlagen in ein nicht sehr reines Tuch. Jaune wollte versuchen, ihn bei einer der besseren Familien an der anderen Seite des Dorfes zu verkaufen. Doch verhehlte er sich nicht, daß es schwer sein werde; und darin hatte er sich nicht getäuscht.

Denn einesteils waren ja die Fischfrauen überall schon gewesen, und andernteils und vor allem: wer, selbst von den wohlhabendsten Leuten, kaufte gleich solch teueren Fisch auch auf einen Festtag? Dazu kam, daß Jaune wohl fühlte, wie lächerlich er sich wieder machen werde, und das machte ihn unsicher. Aber da war die Gidel, und da war sein eigener Trieb. Drei Mark, einen ganzen Taler für einen Fisch, der in einigen Tagen verzehrt und nicht mehr da war! Es war unmöglich. Er mußte ihn loswerden. Aber schon als er bei der Frau Vorsteher Bernheim, einer dicken, heiteren Frau, vorsprach und sein Anliegen vortrug, erwiderte sie lachend, noch ehe sie sich zum Angebot selbst äußerte:

»Sin Ihr unter die Fischhändler 'gange, Jaune?«

Was sollte er da sagen, welchen Grund angeben? Nun, es fiel ihm wohl etwas ein:

»Die Gidel meint, es sei zuviel für uns zwei Leit; und Ihr kriegt doch Besuch von Eurem Tochtermann über die Tag', wie mer hört. Ich lass' Ihne de Fisch für drei Mark; er koscht mich dreiehalb.«

»Gott behüt'! Das könne mir uns nit leischte. Und überhaupt bin ich schon versehe.« Und das mußte Jaune glauben, denn es roch durchs ganze Haus schon nach Fisch mit grüner Sauce.

So ging er mit seiner Ware, besuchte noch drei, vier Häuser; doch es war stets erfolglos und gar demütigend, und schließlich mußte er unverrichteterdinge heimkehren. Er hatte erst überlegt, ob er der Gidel nicht vortäuschen solle, der Fisch sei verkauft. Aber das Gegenteil mußte ihr ja eines Tages doch zu Ohren kommen. Und wie sollte er ihn übrigens, den er ja tatsächlich noch hatte, verbergen; roch er nicht jetzt schon anders als nur nach Fisch?

Und so gestand er seiner Frau die Erfolglosigkeit des Versuchs ein, als er heimgekommen war; es war inzwischen Mittag geworden. Dabei hörte man bis auf die Straße wieder die Stimme der Gidel. Essen? Sollten sie den Fisch essen? Er würde ihnen nicht schmecken; lieber Gift nehmen, als

solche Verschwendung. Vielleicht würde es doch gelingen, ihn abzusetzen. Freilich, viel Zeit blieb nicht, denn bald begann nun das Fest, und man mußte zum Gottesdienst gehen.
So nahm Jaune sich vor, den Fisch bis zu Beginn der nächsten Woche aufzubewahren und dann sein Glück zu versuchen, wenn die Leute nach der Festtagsesserei nichts Ordentliches mehr im Hause hatten; das war eine gute Idee. Kein Gedanke daran, morgen, am Feiertag, der noch dazu ein Sabbat war, einen Handel zu unternehmen und sich damit einer Sünde schuldig zu machen. So tat er den Fisch in den Keller, wo die Zwiebeln lagen und die Kartoffeln und zwei Weinfässer seit langem leer ruhten; Spinneweben hingen darüber her. Auf den Deckel des Körbchens legte er wegen der Katze zwei gewichtige Feldsteine, die sonst das Sauerkraut in der Stande beschwerten.
Am Abend, als Jaune nach dem Gottesdienst heimging, sprachen sie ihn an, nachdem sie ein gutes Fest gewünscht hatten; der und jener sagte: »No, Jaune, hen er die Forell' verkauft?«
Und immer wieder wurde er gefragt, und jedem erwiderte er: »Laß mir mei Ruh mit dem Fisch!« oder: »Was geht's dich an?«
Schließlich sprach es sich auch herum, wie es überhaupt gekommen war, daß Jaune unter die Fischhändler gegangen sei und herumlief mit seinem Körbchen; denn wie hätte sein Schwager Aron dazu schweigen sollen. Und das ganze Dorf, Juden wie Christen, lachte wochenlang darüber, denn alle wußten ja Bescheid, wie es um die beiden in diesen Dingen stand.

Der Fisch aber lag im Keller; und der war wohl kühler als die anderen Räume des Hauses. Doch es war Sommer und die warmen Tage um Pfingsten, und der Fisch lag einen Tag und lag einen zweiten, weil Feiertag und kein Handel gestattet war. Am Montag, schon in der Frühe, stieg Jaune hinab in den Keller, nahm den Korb, besah den Fisch und roch ihn auch – und wollte nicht bemerken, was er doch wahrnehmen mußte. Eilends schritt er zu, wieder ins Vorderdorf zu Frau Bernheim, die ja immer noch Besuch hatte, wie er wußte, und jetzt gewiß froh sein würde um eine besondere Speise. Also konnte er schon damit rechnen, dort Erfolg zu haben, und trat zuversichtlich ins Haus, zu dem eine kleine Brücke über den Dorfbach führte.
Er fing, als die Frau ihm aus der Küche entgegentrat, die Hände an der blauen Schürze abtrocknend, nicht erst an zu sprechen, sondern nahm sogleich den Fisch heraus, um ihr von Anfang an die Worte abzuschneiden, er solle ihn gar nicht erst zeigen, sie seien schon versorgt, wie neulich. Nun, es brauchte kaum der Worte mehr; die Frau Vorsteher hielt sich, noch ehe er in der Tat etwas gesagt hatte, schnell mit der Hand die Nase zu. Der Fisch roch; aber es war nicht so, wie eben jeder Fisch zu riechen pflegt, sondern wie einer riecht, der im Sommer etwa vier Tage aus dem Wasser und tot ist, ohne auf Eis gelegen zu haben.
So mußte Jaune gleich einsehen, daß hier wieder nichts zu machen war. Und nun hatte er genug. Er schritt mit seinen langen Beinen um das Dorf herum durch die Gartenwege, damit er nicht gesehen werde, nach Haus. Aber da er so zwischen den

Brennesseln an den hölzernen, verwitterten Hagen herging, fiel ihm plötzlich ein, daß er der Gidel noch gar nicht erzählt hatte, wie er überhaupt dazu gekommen war, den Fisch zu kaufen, ihnen beiden die ungewöhnliche Ausgabe zuzumuten, nach der sie ihn tatsächlich für gestört im Kopfe halten mußte, so wie sie beide waren. Denn sie hatte sofort, nachdem er die Forelle damals gebracht hatte, angefangen zu schelten ob dieses sinnlosen Handels, und darauf hatte eine der üblichen Schmollzeiten zwischen ihnen begonnen.

Als er nun durch die Küchentüre trat und die Frau beim Kartoffelschälen auf ihrem niedrigen Schemel sitzen sah, warf er die Fischleiche, den Kadaver, um es genau zu sagen, auf den Tisch und fing seinerseits an zu schreien:

»Jetzt hab' ich genug mit dem Fisch; die Katz soll ihn fresse. Hab' ihn gar nicht kaufe welle, aber der Aron isch drum im Handel g'wese und hot in seinem Großgetu' gerufe, das sei nix für uns und zu teuer. So hab' ich ihne z'leid gekauft.«

Sie fragte: »Hat's auch die Breindel g'sehe?«

»Freilich hat sie's g'sehe und g'hört!«

Oh, da war die Gidel beruhigt: »Wenn du's ihne z'leid getan hasch, das isch wohl drei Mark wert. Die Katz wird auch e Freud habe.«

Und so warfen sie die einst so schöne Forelle als ein Opfer ihres Geizes zugleich und ihres verwandtschaftlichen Gefühles dem erfreuten Tier vor, hinterm Haus auf den Mist, und waren zufrieden.

Das war die Sache mit dem Fisch. Aber niemand soll nun selbstgerecht lachen über die beiden. Jeder hat schon solch einen Kauf getan, du und du – und sicher auch ich, nur um sich vor anderen zu brüsten, die uns im Grunde überlegen waren, und wir haben es nicht wahrhaben wollen; wenn es auch nicht gerade um einen faulen Fisch ging, der dabei geopfert wurde, sondern gar um viel mehr. Was aber den Geiz anlangt...

Der Gezeichnete

Das hätte ein Wissender, dem es gegeben war, hinter die Dinge und das Geschehen zu schauen, dem guten Sender Frank voraussagen können von Anfang an, daß dessen Leben nicht ebenmäßig und wie das der anderen verlaufen werde, wenn einer bei der Geburt nach seiner Zukunft gefragt hätte. Aber alles hätte er wohl doch nicht vorauszusehen vermocht, was schließlich eintraf; zuviel Ungewöhnliches stellte sich dem Sender in den Weg über das hinaus, was uns allen zugemessen und zu überwinden ist bis ans Ende unserer Tage.
Absonderlich war schon der Zeitpunkt, zu dem er geboren wurde in dem kleinen, aus grauen Basaltblöcken der Rhön gebauten Haus seiner Eltern in dem fast zur Hälfte von Juden bewohnten Dörflein des kargen Gebirges. Es hatte sich so gefügt, daß seine Mutter sich in Gedanken dagegen wehrte, ihn an dem Tag zur Welt zu bringen, an dem sie fühlte, daß er kommen werde; denn es war der nichtjüdische Neujahrstag, und nicht irgendeiner, sondern der erste Tag des neuen Jahrhunderts. Aber sie vermochte nichts wider die Natur; und so geschah es, daß seine Augen am ersten Januar des Jahres 1800 zum erstenmal in diese kalte Welt schauten. Ja, schon das zeichnete ihn sofort von den anderen ab; er ging mit dem Jahrhundert, wie sie sagten und ihm immer wieder vorhielten. Man wird es verständlich finden, wenn die im Dorf ein

Besonderes dabei sahen; denn keinen anderen gab es unter ihnen mehr, der an diesem wichtigen Tag geboren war, ja nur wenige im ganzen ersten Jahr des Jahrhunderts, dem die neunundneunzig anderen folgten mit ihrem Geschehen in der Welt.
Doch dieses war es nicht allein, das ihn heraushob aus den übrigen; aber freilich war es gerade das, was alles andere zur Folge hatte.
Wißt ihr, was die Menschen lange Zeit hindurch bedeuteten, die man damals Familianten nannte in gewissen Gebieten des deutschen Landes, zu dem auch die österreichischen Länder gehörten? Wenige werden es heute noch wissen; und doch litten unsere Vorfahren geschlechterlang unter den Bestimmungen, die es veranlaßten, daß die von ihnen Betroffenen ein Leben hindurch sie bedrückt, ja an der Vollendung ihres Lebens gar gehindert wurden bis an ihren Tod.
Denn dabei ging es um Leben, Liebe und Tod, weil es ja die Vollendung und Erfüllung eines jeden Menschen bedeutet, zu lieben, einer Frau Liebe zu geben, vom Manne Liebe zu nehmen und sich in seinen Kindern fortleben zu sehen zum Wohlgefallen Gottes, zum eigenen Segen und dem der Familie. Die aber, die in jenen Zeiten eine Familie gründen durften, nannten sie mit dem Namen Familianten; und den müssen wir hier zuerst klarmachen aus der dunklen Zeit von einst.
Wie denn? Durfte nicht ein jeder heiraten, ein jeder, dem natürlichen Drang des Herzens und des Blutes folgend, sich zur heiligen Einheit mit einem anderen binden, um behütet zu sein und eine Zuflucht zu haben vor den rätselvollen Mächten und

dem Ungewissen des Lebenskampfes? Nein, das durften nicht alle. Nur die durften es, denen eine hohe Behörde die Erlaubnis dazu gegeben hatte; und das war immer nur eine bestimmte und geringe Zahl. Die anderen aber, was wurde aus den anderen? Und wie kam das alles? Das müßt ihr wissen, um zu erkennen, was für ein Mensch in seiner Zeit der Sender war.

Es kam so: Das große Mißtrauen der Umwelt, die unsere Vorfahren und ihr wahres Wesen nicht kannte, hatte die mächtige Kaiserin in unbegründete Furcht versetzt vor vermeintlichen geheimen, dem alten Reiche schädlichen Handlungen der Juden; und sie glaubte, dadurch, daß sie die Vermehrung dieses kleinen Teiles ihrer vielen Völker hemmte, sich und die anderen zu schützen und vor Schaden zu bewahren. So befahl und erneuerte sie wiederum ein Gesetz: daß immer nur der älteste Sohn einer jüdischen Familie in Stadt und Dorf, wo überhaupt sie wohnen durften, zu heiraten berechtigt sei. Nur einer von den oft zahlreichen Söhnen eines Hauses durfte eine Familie gründen. – Und dieses Gesetz wurde hundert und mehr Jahre, wie auch in früheren Zeiten schon, vollzogen bis in die Tage unserer Urgroßväter hinein und über die Zeit, da es den armen Sender traf, auch seine Tage sich zu mühen.

Ohne daß wir es besonders beweisen, wird man es sich leicht vorstellen können, daß diese harte Fügung der irdischen Macht schwere Schicksale auf viele Menschen jener Zeiten legte. Was konnte nicht geschehen, wenn zwei junge Menschen sich in Liebe zugetan waren und wissen mußten, daß

sie niemals zusammenkommen durften; und wie viele andere Möglichkeiten widriger Verknüpfung und Trennung des Lebens ergaben sich durch dieses Gesetz der um ihr Land besorgten Kaiserin ...
Senderle, wie sie ihn manchmal riefen, obwohl man ihn keineswegs klein von Gestalt nennen konnte, war solch ein Drittgeborener einer kleinen Familie nach einer Schwester und einem Bruder, ein Zuspätgeborener seines Vaters; er war erst geboren worden, als dessen ältester Sohn schon fast zur Heirat reif war und auch bald ehelichte, nachdem der Kleine zur Welt gekommen war.

Und dieses auch war also eine Folge des ungewöhnlichen Tages seiner Geburt, der es verschuldete, daß es ihn traf und verfolgte sein Leben lang, wie wir sehen werden. Denn keiner vermag dem Gesetz des Ewigen zu entgehen und seinem großen Plan, zu dessen Erfüllung er sich uner forschlicher Mittel bedient.

Sender war so zwischen die Zeiten und in ihr Getriebe gekommen, wie es damals war in dem armseligen Dorf. Denn es ergab sich auch bald, daß die anderen, schon weil er äußerlich unansehnlich war, alles glaubten mit ihm beginnen zu können, was sie wollten. Nicht lange, nachdem er ins Leben gekommen war, wenige Jahre nur war er alt, da starben seine Mutter und sein Vater kurz nacheinander. Sie ließen ihn zurück mit der kaum erwachsenen Schwester Rivke in dem strohbedeckten Häuschen nahe beim Fluß; auf dem Dach wuchs Moos in pelzigen Wülsten, weil es immer im Schatten stand. Die Schwester mußte ihn erziehen und für ihn sorgen, denn zwischen dem älteren Bruder und ihr und so auch ihm wuchs bald Feindschaft um Geldes willen, weil dessen Frau gierig nach Besitz, unwahrhaftig und bösartig im Reden war. Sie wollte nicht, daß ihr Mann die heilige Pflicht der Familie erfüllte an seinem jungen Bruder. So war der also früh allein und ohne Schutz. Und da die anderen in der Kehilla das mehr ahnten, als bewußt sahen, ergab es sich, unansehnlich an Wesen wie er war, um es noch einmal zu sagen, und fast mittellos, daß er sich nie recht durchzusetzen vermochte den vielen gegen-über, und daß sie ihm alles zuschoben, dessen sie selber sich scheuten und überdrüssig waren.

Ein Schweres war es vor allem, das ihm so erwuchs in seinem engen Leben, das zuerst nichts kannte als den Umkreis des Dorfes und den Zwang, den die Gemeinschaft um des Gesetzes willen jedem auferlegte; und er wußte lange nicht, daß eine Flucht in die Fremde möglich ist für die, welche unter den Menschen leiden wegen ihres besonderen Wesens.

Dazu muß noch eines aufgeklärt werden für die unter uns, die der Ewige wieder zu uns geführt hat durch das Leid dieser Jahre, die aber nichts mehr wissen von seinem heiligen Gesetz und den alten Bräuchen, damit auch sie verstehen, in welch andere Verstrickung noch der Sender geraten ist, weil er alleine war und niemand ihm beistand:

Eine große Ehre ist es, im Haus Gottes aufgerufen zu werden unter den Männern in Israel, um den Segen über das Gesetz vor den anderen zu sagen; und es geht der Reihe nach so, wie ihr geschätzt seid in der Kehilla. Aber an einem Schabbos und bei einer Parscha, einem bestimmten Schriftabschnitt, ist es so, daß es dem freien Willen eines Mannes überlassen bleibt, ob er aufgerufen werden will oder nicht wegen der Folgen, die man meistens fürchtete und auch da und dort noch heute daran knüpft unter den gläubigen Menschen.

Denn es ist der Abschnitt in der Tauro, der gelesen wird an einem Sabbat – dem Schabbos Bechukkausai – während der Omerzeit, der Abschnitt, worin die Verfluchungen stehen, vom Ewigen uns angedroht für den Fall, daß wir ihm und dem, was er uns gesetzt hat, nicht folgen, damit wir ein Beispiel seien unter den Völkern im Glauben an ihn.

Alles Schlimme, was er aus seinen Händen uns schicken kann zu Strafe und Zucht, steht an diesem Tage da und ist von dem mit dem Segensspruch zu bekennen, der auf die Empore vor der heiligen Lade gerufen wird, wenn es verkündet wird von der Gemeinde.

Und es war dazumal eine Scheu unter den Männern seit alters, zu diesen Worten die Berocho, den Segen, zu sprechen; denn sie fürchteten ihren Fluch für sich und die Ihren, so sehr es sonst eine Ehre war, vor den anderen zum heiligen Wort zu stehen.

Und aus dem Aberglauben jener noch dunklen Zeit – der aber kam aus der heiligen Scheu vor dem Ewigen und seiner unendlichen Macht – hatte sich so der Brauch unter ihnen gebildet, nur einen solchen aus den Kehillaus dazu zu bestimmen – ob er es wollte oder nicht –, der alleine stand, weder Frau noch liebe Kinder hatte, denen außer ihm die Verfluchungen Schaden, Krankheit, Mißachtung und gar Tod bringen konnten. Und keiner wagte es, sich dessen zu weigern, weil er glaubte, es hinnehmen zu müssen, zu seinem vorbestimmten Geschick, und brachte so das Opfer für die anderen. Und es ergab sich fast stets, daß es einen solchen traf, dem durch das harte Gesetz der irdischen Macht verboten war, eine Frau zu nehmen, wie wir es geschildert haben. Wie hätte es auch einer wagen sollen, sich dem zu entziehen, da der einzelne im engen Kreis einer Gemeinschaft vor der Mehrzahl immer schwach und hilflos ist! So war es die Jahrhunderte lang.

Diese Parscha Tauchocho wird also gesprochen zur Zeit des Omern, da täglich unter den Frommen in der Abenddämmerung zwischen Pessach und Schewuaus die Gebete gesagt werden, ein Gedächtnis der blutigen und grausamen Zeiten vor tausend Jahren, die in deutschen Landen unsere Vorfahren zu bestehen hatten um unseres Glaubens willen, und die nur wenige von ihnen am Leben und übrigließen unseretwegen, ihrer Nachkommen...

So verstand es sich fast von selbst, daß sie auch den Sender, schon kurz nachdem er Barmizwa geworden, also unter die Männer in Israel aufgenommen war, und Schlaume, sein Vorgänger, ein sehr altes und schwaches Männchen, nicht mehr dazu geeignet war, damit beluden, diese schwere und vor den anderen – wie sie nun einmal waren – zugleich erniedrigende Pflicht zu erfüllen und sich, wenn wir es genau besehen, und um es immer wieder zu sagen, für sie zu opfern. Er nahm es hin, weil er sich nicht wehren konnte und weil er auch zuerst nicht wußte, daß er sich hätte wehren dürfen nach dem wirklichen Gesetz.

So gewöhnten sich alle daran, daß er es war, der diesen Dienst alljährlich tat, und selbst er wußte nichts anderes mehr. Dazu war er bestimmt, wie der Kantor und der Schächter für ihre Aufgabe, notwendig für alle.

Dieses also war das Schwerste, das ihm für sein Leben beschieden wurde durch den absonderlichen Tag seiner Geburt, der sowohl zu spät fiel, wenn man den Sonderfall betrachtet, als auch zu früh im Hinblick auf den Lauf der Geschichte unseres Volkes, und um ihn befreien zu können von diesem makelhaften Zwang der noch dunklen Zeit. Denn es ist so, daß Unheil immer wieder Unheil zeugt, je weniger Widerstand der Mensch wegen des früheren, das schon auf ihm lastete, zu leisten vermag.

Aber zunächst spürte Sender es nicht, daß er vor den anderen weniger geachtet und minderen Wesens war. Er wuchs hinein in die Stelle, die ihm unter ihnen einzunehmen bestimmt wurde, und er war zufrieden damit; wie wir eben alles schweigend als immer gegeben tragen, was wir von Jugend auf unter den uns Nächsten vor uns sehen, bevor wir selbst nachzudenken vermögen. Ja, um es ganz klar zu sagen: er hatte keine Stimme unter ihnen.

Sein Leben und das seiner Schwester, die die kleine Wirtschaft führte in dem strohgedeckten Haus, auf dessen Dach Moos wuchs, weil es immer im Schatten stand, war schwer genug; das werdet ihr euch nach allem, was ihr nun schon von ihm wißt, denken können. Noch von den Eltern her hatten sie zunächst eine Ziege gehabt, die eben die Ursache des Streites mit der Brudersfrau gewesen war; immer wieder nach einigen Jahren wurde eine neue gekauft, eines von jenen mütterlich gütigen Tieren mit dem tief herabhängenden Euter. Es war nicht oft nötig gewesen, diese Hausgenossinnen, die zu ihnen gehörten, zu erneuern; alt wurden sie. Davon schon lebten Bruder und Schwester zur Not; und immer roch es in dem Haus nach Ziegenstall. Und ein kleines Gärtchen nährte sie, das an der Hinterseite des armseligen Häuschens angelegt war; dort pflanzte die Schwester im Frühling Kohlsetzlinge, ein wenig Kartoffeln und Lauch und auch Meerrettich für die Feiertage. Vor allem aber brachte ein karger Hühner- und Althandel, in den der Sender, fast ohne daß er es wollte, hineingeraten war, ein wenig Gewinn. Es ist zu verstehen, daß er darnach nur wenig Geltung haben konnte bei den Leuten der Kehilla. Nur die Schäfer hörten auf ihn und sprachen gerne mit ihm, wenn er bei ihnen saß unter den Tieren auf der Weide an den Bergwiesen weitab vom Dorf, und auch die Ackerleute, wenn sie ein wenig anhielten hinterm Pflug oder beim Säen und er bei ihnen stand, ganz lebend in ihrem Werk und Wesen und im Wachstum der Flur...

Manche Jahre waren so vergangen, und die Schwester Rivke war schon ältlich und vergrämt; Winter waren es mit Entbehrungen und Kälte, wo sie fast nicht das Futter mehr auftrieben für das Tier, das sie nährte; und Sommer, da Sender hinauswanderte unter heiterem Himmel in die Nachbardörfer um des kleinen Verdienstes willen, und da nur die religiösen Feste ein wenig Heiterkeit brachten und Mut und Vertrauen, wie es Gottes Wille ist. –

Da erwachte Sender eines Tages und sah sein Geschick.

Als ein Unabwendbares hatte er es bisher hingenommen und sich damit abgefunden, allein zu bleiben sein Leben lang, keine Frau zu haben, keine Kinder, und die Beruhigung der eigenen Familie zu missen. Und doch nahm jeder aus der Gemeinde teil gerade an seinem Leben; wußten sie doch alle, daß er mit dem Jahrhundert ging. Seltsam war das an ihm, und schon die Kinder kannten genau sein Lebensalter und riefen es ihm nach, das fortschritt scheinbar anders als das der übrigen Menschen der Kehilla, gehörte es doch ihr mehr als eines der anderen, weil man ihn immer brauchte an dem bestimmten Tage jeden Jahres, um abzuhalten von ihnen den Fluch, der dem drohte, welcher zu den Verfluchungen Gottes den Segen aussprach.

Stets an dem Tag, da der Schriftabschnitt an die Reihe kam, in dem Gottes Weisheit uns mit den Strafen droht, wandten sich alle Männer der Gemeinde um nach dem Platz in der hintersten Reihe der Schul, wo der Sender wehrlos stand mit seinem durchscheinenden Gesicht. Dann schritt er eilends und wie um sich zu entschuldigen, wegen eines Vergehens an den anderen, hinaus zum Almemor, um seine bittere Pflicht zu erfüllen, wie sie es von ihm forderten.

Ja, Sender erwachte eines Tages und sah sich selbst

verflucht, sah sich plötzlich so, wie ein Fremder ihn sehen mußte, wenn er ihn von außen betrachtete, ihn und sein ganzes Leben.

An einem Abend, zu Simchas-Tauro, dem Fest der Freude an der Lehre, es war ein sommerwarmer Oktobertag gewesen, und man roch die letzte bäuerliche Ernte und die Spätblumen allenthalben, begab es sich. Die jungen Leute der Kehilla hatten sich im Hause des Feiwel Baum, dem größten des Dorfes, versammelt, und auch weil dieser einen Sohn, den Josel, hatte, der so glücklich war, heiraten zu dürfen und auch in den Jahren dazu war, daneben eine Tochter, Gela, die dem Eisig Stein aus dem Nachbarort Laudenbach versprochen war. Der verbrachte die hinteren Tage von Sukkaus, dem Laubhüttenfest, im Dorf. Eben dieses war der Hauptgrund, weshalb man heute gerade bei denen zusammengekommen war.

Sie tanzten nach der Geige eines weißblonden Fahrenden mit wildem Bart, wie sie damals nach den Kriegen des gewaltigen Kaisers viel durch das Land zogen; und sie tanzten den neuen Tanz, den sie Walzer nannten. Die französischen Soldaten, die fast zwanzig Jahre dagewesen und durchmarschiert waren, hatten ihn zurückgelassen. Und die Menschen hier trauten sich wieder, heiter zu sein; denn manche Jahre war es nun doch schon her, seit man das Kriegsvolk nicht mehr zu fürchten brauchte; und auch die Bauern hatten sich wieder beruhigt in jener Gegend zwischen Spessart und Rhön, wo hinter der Kriegszeit her mehrere Jahre zuvor Hungersnot die Menschen zur Verzweiflung gebracht hatte und zu Gewalttaten gegen die

Juden, obwohl die, wie stets, ebenso vom Unglück verfolgt wurden und unter den Entbehrungen litten wie alle anderen. Mehrere reiche Ernten hatte aber nun der Himmel geschickt, und man fing an, wieder an eine gute Zukunft zu glauben.

So heiter, ja, waren sie lange nicht gewesen; und die Jungen erinnerten sich überhaupt nicht, so etwas je erlebt zu haben, da sie während der Kriegszeit geboren waren. Der Eisig Stein, von dem sie wußten, daß er schon ein halbes Jahr in der großen Stadt Frankfurt verbracht hatte und die feinen Sitten kannte, tanzte jeden Tanz; auch trug er einen der kurzen schwarzen Röcke von der neuen Art. Daß er und die Gela so der Mittelpunkt des Festes waren, braucht kaum besonders erwähnt zu werden.

Auch andere tanzten mit ihr, gewiß; aber wie hätte der Sender sich trauen sollen, das zu unternehmen, dem Feiwel Baum seine Gela um einen Tanz zu bitten! Er stand da, unter der Türe zuerst, und später setzte er sich hinein an einen Tisch nahe dem Ausgang; nein, auch nicht ganz an den Tisch, nur an die eine gerade freie Ecke mit halbem Körper auf das Ende der Bank.

Kaum einer sprach mit ihm. Er lächelte vor sich hin zwischen seinen Schläfenlocken unter der schwarzen, etwas fettigen und ein wenig schief sitzenden Schildmütze; ein wenig befangen war es, wie er lächelte, indem er auf all das schaute.

Da erlebte er es plötzlich, daß die Gela blond war, wie der fahrende Geiger, der da mit den fremden erregenden Tönen lockte und selbst das Fremde bedeutete; und er sah, daß sie anders war als die übrigen, die schwarzhaarigen Mädchen der Kehilla. Und so liebte er sie von diesem Augenblick an, weil sie ihm noch nie so erschienen war. Es kam ihm nicht bei, es ihr zu zeigen oder gar zu gestehen. Nicht daß es ihn hemmte, zu wissen, daß sie dem Eisig Stein aus Laudenbach versprochen war, das war es nicht; aber wie hätte er, der Sohn eines Chaddes, der selbst ein Chaddes, ein Armer geblieben war, es wagen können, an eine Heirat mit der Tochter des reichen Feiwel Baum zu denken, Gott behüte ... Nur wenn sie durch das Dorf ging, was an Wochentagen freilich nicht eben häufig und nur zu bestimmten Gängen geschah, traf sie nun oft auf den Sender; er ging an ihr vorbei und grüßte, sprach sie aber selten an. Einmal sagte er aber: »Gelele, du siehst aus wie e Kanarievögele.«

Da fühlte das Mädchen, was in ihm vorging, und fing an zu laufen, nachdem es ihm zugerufen hatte: »Bist de meschugge?«

Und so trug er es doch in sich. Und ein anderes wuchs daraus in ihm empor. Eines Tages begegnete ihm draußen im Gäu, da er von Dorf zu Dorf wanderte zwischen den Ebereschenbäumen, in denen die roten Büschel hingen, Gelas Bruder, der Josel: »No«, fragte der, »host de wieder e groß G'schäft gemacht?«

Ein wenig überheblich klang es, das ist wahr, und man merkte, es sollte dem andern seine Kleinheit zeigen.

So antwortete Sender: »So groß wie du und deine Sippschaft!« Ho, das war natürlich übertrieben, gelinde gesagt. Wie kam der kleine Sender dazu, derlei zum Josel Baum über dessen Familie zu sagen, deren bevorzugte Stellung in der Gemeinde jedermann anerkannte? Waren sie doch nicht nur die Reichsten, sondern über die Mutter sogar verwandt mit dem Bal Schem, dem großen Weisen von Michelstadt drüben im Odenwald, der noch nicht gar lange tot war! Aber nun sollte das vorbei sein, das hatte sich der Sender vorgenommen. Er wollte es ihnen zeigen. –

Eines Tages erklärte er der Rivke, seiner Schwester, nun gehe er auf Wanderung, in die Fremde, er habe das satt. Was er aber damit meinte, darüber schwieg er. Das ältliche Mädchen, unvermutet so von dem überfallen, glaubte, der Bruder sei nicht mehr recht im Kopf, und lief in seiner Hilflosigkeit zum Parnes, dem Vorsteher der Gemeinde. Als der jedoch in seinem langen weißen Bart zu dem ärmlichen Haus kam, war es schon zu spät; der Sender war nicht mehr da. Er hatte sich schon fortgemacht und ein altes Felleisen, mit notdürftigen Sachen bepackt, mitgenommen. Als sie ihm nachgingen, die östliche und westliche Dorfstraße hinaus nach ihm schauten, sahen sie ihn nicht mehr. Denn er war, vorausbedenkend, daß man ihn verfolgen werde, querfeldein gegangen, wo ihn bald der dichte Fichtenwald aufnahm. Und als er nach Stunden auf die nächste Straße kam, war er schon in der Nähe eines fremden Dorfes, und Bauern beschauten in mißtrauisch.

Spätherbst war es, die Felder abgeerntet, und über die rauhen Höhen zogen da und dort im Wald die Schäfer in den weiten Mänteln mit ihren langsamen geduldigen Tieren zwischen den niedrigen Wacholderbüschen. –

Daheim waren sie wochenlang in Erregung. Denn so etwas war noch nie geschehen. Niemand konnte sich erklären, weshalb der Sender fort war. Seine Schwester Rivke weinte, wenn man mit ihr darüber zu reden kam, und hatte Mitleid mit sich; doch man konnte nichts anderes mit ihr sprechen, ja sie erwartete, daß man davon anfing und sie zu trösten versuchte. Nur die blonde Gela ahnte dunkel, daß vielleicht sie die Ursache war für diese Flucht. Und die Männer der Kehilla sorgten sich jetzt schon nur darum, wer am Tag der Tauchocho zur Parsche der Verfluchungen die Berocho sagen werde; so wie es eben ist unter den Menschen, daß jeder im Unglück des andern sich sorgt, daß ihm selbst nichts dadurch widerfahre.

Sender hatte, als er von daheim aufgebrochen war, nur eine unklare Vorstellung von dem gehabt, was er draußen unternehmen werde. Am ersten Tag kam er durch eine Gegend, die ihm noch bekannt war, wenn er auch von dem Dorf, in dem er bis zum nächsten Morgen bleiben wollte, nur den Namen wußte. Ein Bauer ließ ihn auf dem Heu in der Scheune übernachten, gab ihm auch zwei Eier; er trank sie roh aus zu trockenem Brot, das er noch von daheim bei sich trug. Die Leute hier kümmerten sich wenig um ihn; denn es geschah häufig in jener Zeit, daß man Wanderern Unterkunft gab, da nur Straßen und Gewässer die Länder verbanden und Wagen und Schiff teuer waren. Am nächsten Tage wurde ihm die Landschaft immer fremder. Von der Höhe, daher er kam, sah er einen Fluß heraufblinken. Aber das Silberband zwischen den herbstlich gelb und roten Wäldern verschwand bald wieder, gab dem Wanderer jedoch für einen Augenblick ein Gefühl von Weite und Freiheit. So ging es mehrere Tage. Stets kam er erträglich unter und mußte nie im Freien oder auch nur heimlich unterm Dach von Heuhütten übernachten.

Als er eines Abends von weitem zwei Türme und die Mauern eines Städtchens sah, wurde ihm zuerst bange. Was würde dort sein unter den vielen Menschen? Näher gekommen, bemerkte er vor sich, da er um eine Waldecke bog, durch die nun die Straße führte, einen kleinen Mann, den er sogleich als Juden erkannte; er trug die schwarze Schildmütze und den langen Rock und in der herabhängenden Linken einen Sack, der dauernd hin und her zuckte, so daß man sah, daß er Lebendiges enthielt. Es müssen Hühner drin sein, dachte sich Sender. Wie oft war er selbst auf diese Weise heimgekehrt mit dem geringen Ergebnis einer Tageswanderung.

»Scholaum alechem« – Friede sei mit Euch, sagte er, als er ganz nahe gekommen und sicher war, daß er sich nicht getäuscht habe. Das Männchen drehte sich um. Es hatte einen blond gekrausten Spitzbart um das freundliche Gesicht.

»Alechem Scholaum!« erwiderte es, und: »Wohie noch so spät?«

»Ins Städtle da. Seit Ihr doher?«

»Freilich! Seid 'r en Bar-Jisroel?« fragte das Männchen dazu, obwohl es schon gesehen hatte, mit wem es zu tun habe, und: »Was wellt 'r do bei uns?«

»Nor übernachte.«

»Übernachte? Seid mir willkommen; wenn 'r sonst

niemand kennet, kehret bei mir ein. Ich mach mir 'n Ehr' draus! Bin Baruch, der Schächter hie!«
»Ich dank Euch; nehm's gern an.«
Es war ein Städtchen schon jenseits der Grenze, wo sie vor nicht langer Zeit badisch geworden waren und wo von alters Juden lebten unter zünftigen Handwerkern und den Bauern. Als Sender mit dem Gastfreund ins Haus getreten und in der niedrigen Stube von der großen mageren Frau Breindel, deren Stirne von dem glatten, in der Mitte geteilten Scheitel fast verhüllt war, begrüßt worden war, sagte Baruch noch einmal: »Seid willkomme!«
Sie setzten sich und aßen ein einfaches Mahl von gebratenen Kartoffeln und etwas geschmortem Fleisch. Dabei konnte Baruch die Frage nach dem Woher, nach Ziel und Absicht endlich doch nicht mehr unterdrücken, und Sender gab ihm eine etwas unklare Auskunft. Von draußen hörte man das Gegacker der Hühner und das Geblök von Ziegen aus dem Stall, wohin die Frau Breindel die Beute des Tages unterbrachte. Dadurch wurde Sender an das kleine Haus daheim gemahnt. Es war ein Donnerstagabend; und so lag es nahe, daß Baruch ihn einlud, über Schabbos zu bleiben. Wie gern sagte der Fremde zu, der sich den Menschen hier verbunden fühlte durch Herkunft, das alte heilige Gesetz und die guten Bräuche. Und sie waren stolz, vor den anderen in der Kehilla einen Gast über Schabbos zu haben. –
Am nächsten Nachmittag, vor dem Gottesdienst, standen sie auf der unregelmäßig gepflasterten Straße vor dem Haus, Nachbarn dabei, die Hände in den Hosentaschen und die langen Röcke breit

auseinander gefaltet, so daß man die farbigen samtenen und seidenen bestickten Westen sah. Man besprach dies und jenes, und natürlich war es, daß man den Sender wieder nach dem Woher und Wohin fragte. Aber wie hätte er genau antworten sollen, was er plante! Er war der Enge entlaufen und der Erniedrigung, die ihm plötzlich zum Bewußtsein gekommen waren, und wenn er daran dachte, kam es beklemmend wieder über ihn. Er erwiderte: »Ich will etwas lernen, ein Handwerk, und dann wieder heim.«

Das war ihm plötzlich so eingefallen, ohne daß er es sich groß überlegt hätte. Und da er es sagte, schauten die andern einander an, bewegten die Köpfe hin und her und zogen die Brauen hoch. Sie sprachen es nicht aus, was sie dachten: meschugge. Nur einer, der Itzig Kallmann, meinte, das sei gar nicht so unvernünftig heutzutage, wo sie nun alle Rechte hätten und tun könnten, was ihnen beliebte nach den neuen Gesetzen, und da eben der badische Großherzog, ihr neuer Fürst, zu dessen Land sie jetzt gehörten, nach dem Willen Napoleons zuerst gezeigt habe, daß er den Juden wohlgesinnt sei, so wäre da nichts dabei, wenn endlich einer begänne, auch ein Handwerk zu lernen. Und da in eben diesem Augenblick der Zeugfärber Thomas Walz, sein Nachbar, langsam und breit, wie es seine Art war, vorbeikam, die Hände in den Hosentaschen unter der Lederschürze – denn er kam eben von der Arbeit an der großen Küpe nebenan, wo in der blauen indischen Farbe die Tuche geschwenkt wurden – so rief Kallmann ihn herbei und fragte halb im Spaß und doch mit festem Willen:

»Kannst nit en Lehrling brauche? Er isch zwar e weng alt, aber darum wird er alles um so leichter begreife.«

»Freilich«, erwiderte der, »du weißt jo, daß ich einen such'. Wer isch's?«

Da lachten die andern alle. Aber der Itzig Kallmann, ein Mann, der, was er einmal begonnen hatte, auch durchführte, nahm den Sender am Arm und lenkte ihn, gefolgt von dem Färbmeister, abseits.

Sie beredeten sich lange, indes die anderen schauten und langsam stille wurden.

Der Meister Walz war ein freiheitlicher und kluger Mann, der überdies zeitweise, als er jung gewesen war, auf Wanderschaft in der französischen Republik gearbeitet hatte, als dort die Revolution tobte gegen Unterdrückung und Ausbeutung. Da hatte er von den Rechten aller Menschen gehört, gleich zu leben. Und so sagte er:

»Worum soll ich nit en Jud als Lehrling oder G'sell habe? Wenn er was kann, isch er mer ebeso recht wie en Chrischt. Abgemacht! Ihr kennet am Montag scho eintrete.«

Und so wurde Sender ein Handwerkslehrling für Blaufärberei und -druckerei, obwohl er sich zunächst keine rechte Vorstellung davon gemacht hatte, um was es ging und welchem Werk er sich da verschrieben hatte und was er später damit beginnen könne; denn es kam ihm vor allen Dingen darauf an, seinem Fernsein von daheim und seinem Leben von nun an einen Sinn zu geben.

Er lernte gut, war anstellig und befriedigte seinen Meister wie nur einer. Bald verstand er sich darauf, die wertvollen Farbentafeln zu verkleinern, so daß nichts verlorenging von dem fremden seltenen Stoff, verstand sie geschickt zu mischen zu einem schönen dunklen Blau, und vor allem das Zeug, Wolle und Leinen, so damit zu behandeln, daß es die einheitliche Farbe annahm, die die Besteller wollten.

In der Kehilla gaben sie ihm Kosttage; jeden Tag aß er in einer anderen Familie. Und obwohl die zum Teil schon betuchten Viehhändler ihn nicht für voll nahmen in ihrem Sinn, so tat er ihnen doch darin etwas zugute, daß er den nichtjüdischen Leuten zeigte, wie auch einer von ihnen Handarbeit tun konnte. Unter den anderen Bürgern des Städtchens kannte man ihn bald, den »Judelehrling«, wie sie ihn nannten.

Aber gleichwohl fühlte er sich einsam und dachte oft ans heimatliche Dorf. Doch schickte er dahin nie einen Bericht. Denn andererseits bedrückte es ihn, daran zu denken, wie er stets hatte zurückstehen müssen vor den anderen und mißachtet war ohne Schuld. Hier war er frei, auch wenn die nichts von ihm wußten. Man spottete nicht über seinen Geburtstag; sie kannten weder sein Alter, noch vor allem zwangen sie ihn, als der Tag kam, da die Parscha Tauchocho gesagt wurde, den Fluch auf sich zu nehmen; denn hier brachte dieses Opfer für die anderen ein alter Mann, der nicht mehr ganz bei Sinnen war, wie der vor ihm daheim im Ort...

Doch eines Tages – und Sender war noch nicht ein Jahr in Arbeit – begab es sich, daß ein fremder Gesell beim anderen Färber im Städtchen eintrat. Der kam weit her aus dem Norden und hatte eine deutsche Sprache, die hier noch nie einer gesprochen hatte, und tat sich sogleich hervor mit Reden und Gehabe. Sie hörten ihn an, weil er sich sehr gewandt zeigte in seinem Fach, und auch sein Meister stolz auf ihn war, da er ihm eine wichtige neue Art gezeigt hatte, Farben und Muster schön auf das Gewebe zu setzen, und weil überdies das andere fremde Wesen, das er um sich verbreitete, wenn er mit den Leuten zusammenkam, sie bezwang. Der also meinte, es gehe nicht an, daß ein Jude zunftmäßig aufgenommen werde und ein Handwerk erlerne, um die Christen zu beschränken, es gehe wider den alten Glauben; ganz zu schweigen davon, daß er ja zu alt sei für einen Lehrling nach dem Brauch der Zunft.

Und so taten sich die Gesellen und Lehrlinge auch der anderen Gewerke zusammen, dem der Lohgerber und Weber, der Stellmacher und Schmiede, als sie seinen Worten unterlegen waren, und verlangten, daß der Meister Walz seinen jüdischen Lehrling aus dem Dienst schicke. Wiewohl der sich zunächst weigerte, so konnte er doch nicht dem Gerede, das sich bald gegen ihn erhob, auf die Dauer widerstehn, so daß er eines Tages dem Sender aufkündigte, wenn auch mit guten tröstenden Worten und indem er ihm ein zunftmäßiges ordentliches Zeugnis ausstellte.

Aber was half das dem? Selbst die jüdischen Leute, die ihm die Zeit her Nahrung und Wohnstatt gegeben hatten, waren währenddem doch zweifelhaft gewesen, weil sie am Gewohnten hingen, und hatten es auch oft geäußert, was er denn unternehmen wolle, wenn er ausgelernt habe, mittellos wie er sei, und ohne die Sicherheit, als Geselle eines Tages zunftmäßig arbeiten zu können. So riet man ihm, sich wieder auf den Weg zu machen und heimzukehren.

Es ging auch gegen den Winter, und bald mußte die Wanderzeit aufhören. Schon standen die Obstbäume fast ohne Blätter, nur noch der Ahorn an den Flußrändern hatte sie als rötlich welkes Dach, und auf dem Fluß lag in der Früh immer Nebel. So machte er sich eines Morgens auf den Weg, nicht durchs Gebirge, sondern nun den Fluß entlang aufwärts, woher er gekommen war, innerlich erregt und zuversichtlich. Denn das Bedrückende, das ihn fortgetrieben hatte, war ein wenig untergetaucht in seinem Erinnern vor dem starken Gefühl, das in jedem Menschen lebt als ein Teil seiner Heimat.

In jenem Jahr aber wurde es unvermutet früh kalt. Eines Nachts, als noch die Zeit war, da die Wandervögel nach Süden zogen, fiel Frost ein, und am Morgen lagen überall, von diesem Winter überrascht, erfroren die zarten Schwalben zu Hunderten am Weg und an den Uferrändern; und manche bewegten noch leicht die Flügelchen zu den letzten Atemzügen. Den mit verstaubten Schuhen einsam wandernden Sender überkam dieses Leid als sein eigenes, da er die kleinen Leichen sah; er beugte sich da und dort hinab, wo er noch erbarmungswürdig Leben erkannte, und nahm ein und das andere Tierchen behutsam in die Hand, es zu wärmen. Aber wie wenn gerade diese letzte Bewegung schädlich gewesen wäre für den zarten Kreislauf des unter den Federchen beschlossenen Wesens, so starben sie ihm alle in der Hand, indem aus dem Schnäbelchen bei jedem ein letzter Tropfen Blut sich ergoß, bevor er das Tote neben den Wegrand ins Gras legte. Sie sterben in der Fremde auf dem Heimweg, und vielleicht ist es gut so, dachte er. – Nur eines der Tierchen blieb bei ihm; zitternd schmiegte es sich in seine hohl gemachten Hände wie in ein Nest. Er hielt es sorglich umschlossen stundenlang, fing auch da und dort, es zu nähren, eine kleine Raupe von Büschen und herbstbraunen Gräsern oder ein Spinnlein aus betauten Weben. Ohne daß er einen bestimmten Plan damit gehabt hätte, hoffte er, es mit in die Heimat bringen zu können, damit er dort nicht allein bleibe. Aber das Vögelchen schlüpfte gegen den Mittag, als die Sonne fast sommerlich wärmte, weg und flog in einem bogenhaften großen Schwung gen Süden.

Sender schaute ihm nach und sagte halblaut vor sich hin: »Jetzt kehrt es heim.« Und dann: »Wenn es nur diese Nacht noch übersteht«, weil er ahnte, daß es immer auf eine letzte Anstrengung, auf eine letzte Hilfe ankommt, um ein Ziel zu erreichen. Und er war bedrückt im Gemüt, seines Schicksals gedenkend, da er nicht wußte, wie man ihn im Dorf empfangen werde, das er heimlich verlassen hatte und in das er so zurückkehrte; er fürchtete plötzlich wieder die Enge und die falschen Worte derer, die um sein Leben bisher und von Anfang an gewußt hatten, und ahnte, daß keine Flucht gegeben ist aus des Schicksals ewiger Bestimmung.

Aber er wollte ihnen sagen, was er gelernt hatte und konnte, und sie bitten, ihm zu helfen, eine

Werkstatt einzurichten, damit er es ihnen zeige und sich, wie ihnen, Nutzen bringe durch seiner Hände Arbeit. Doch bedachte er nicht, ob es möglich sei, und ob es sich hier in der kargen Gegend der Heimat mit ihren wenigen Menschen überhaupt lohne, dieses Handwerk auszuüben. Pläne kamen ihm im Wandern, die manchmal Hoffnung in ihm weckten auf ein neues Leben und auf eine Möglichkeit, geachtet zu werden wie die andern. Vielleicht würde es ihm gelingen, sich durch seine Arbeit unter ihnen auszuzeichnen, das Besondere zu leisten, das immer die Menschen zeigen müssen, um unter ihresgleichen etwas zu gelten; halb bewußt war das in ihm.

So war er eines Tages um die Mittagszeit fast überrascht, in vertraute Fluren zu kommen, Hügel, von Wacholderbüschen bestanden, und Waldstücke zu schauen, die ihm sehr bekannt waren, auf einer Höhe, von wo er fern bald das Heimatdorf liegen sah. Erregung und Bangnis zugleich waren in ihm und Scheu, den anderen plötzlich vor die Augen zu treten. Er wartete darum bis zur Dämmerung, ging langsam und schlich dann, von keinem gesehen, in das alte düstere Haus, wo er seine Schwester verlassen hatte. Die schrie, als er plötzlich unter die Küchentüre trat, auf: »Sender«, ging auf ihn zu und umarmte ihn mit jener übertriebenen Art, die Menschen zeigen, deren Gefühl für den anderen fast nur aus dem Mitleid mit sich selbst kommt. Nun, sie war froh, daß er wieder da war; wenn es ihr auch zugleich in den Sinn kam, was die anderen in der Kehilla dazu sagen würden, nachdem sie so von ihnen bemitleidet worden war all die Zeit. Am selben Abend lief sie noch schnell zur Nachbarin Perle Schwarz, einer Witwe, die in der Nähe alleine wohnte.

Und so wußte am nächsten Morgen das ganze Dorf, daß der Sender Frank heimgekehrt war, Sender, der Davongelaufene, der Pleitegänger. Denn auch dieser Name blieb von nun an zu all dem anderen, von dem sie nichts vergessen hatten, an ihm haften. Sie fragten ihn aus, wo er gewesen sei. Aber er blieb verschwiegen und wies schließlich nur denen, von denen er gehofft hatte, Mittel zu erhalten zur Verwirklichung seines Planes einer Zeugfärberei, ein Schreiben des Färbers Walz, in dem stand: daß Sender Frank als Handwerkslehrling in seiner Blaufärberei und Zeugdruckerei soundso lange gestanden und sich während dieser Zeit durchgehends treu, fleißig und besonders anstellig und dergestalt verhalten habe, wie es einem ehrliebenden christlichen Handwerkslehrling gezieme und obliege, so daß er, der Meister, mit seiner Aufführung in den vom ehrsamen Handwerk aufgegebenen Verrichtungen wohl zufrieden gewesen sei und ihm das Zeugnis seines Wohlverhaltens und seiner Fertigkeit nicht habe versagen können, wiewohl er nach der Innungs- und des ehrsamen Handwerks Vorschrift noch nicht ausgelernt habe, weil er zu früh habe unterbrechen müssen »ohne seinen Willen«.

Da lachten sie, weil sie ihn, den sie längst als einen Erwachsenen gekannt hatten, einen Lehrling genannt sahen; und waren mit bösen Worten über ihm, weil das vom »christlichen Geziemen« darin stand. Und es war fast selbstverständlich, daß sie ihm nicht so viel gaben, um auch nur das Geringste von dem zu beschaffen, was er nötig gehabt hätte, nur irgendeine Arbeit zu beginnen. Bald hatte es sich herumgesprochen, was er im Sinne gehabt hatte: der Sender, der mit dem Jahrhundert ging, und der zur Parsche Tauchocho die Berocho sagen mußte vor den Verfluchungen, wollte auch noch eine größere geschäftliche Sache machen ohne Geld! Was war dem zu Kopf gestiegen, und welch eine Chuzzpe, welche Frechheit, war das! Alles belachte ihn, hinter seinem Rücken und manchmal offen, mit Worten und Mienen; keiner, der versucht hätte, ihn zu verstehen. Und jetzt, da man nicht mehr um ihn zu bangen, nicht das Schlimmste, gar seinen Tod, zu denken brauchte, und da sie erkannten, daß das Mitleid, das sie der Schwester Rivke gezeigt hatten, verschwendet war, schlug alles ins Gegenteil um. Was hatte einer von ihnen davonzulaufen, seinen eigenen Weg zu gehen und die Kontrolle der Gemeinschaft zu meiden! Und so wenig Sender, wie wir es gesehen haben, bisher geachtet gewesen war, so sehr übertrafen sie sich jetzt, ihn noch mehr fühlen zu lassen, wer eigentlich er war, ihnen, der Mehrzahl gegenüber...

Der Winter schlug um den Ort seine Starrnis mit Kälte, Sturm, Eis und Schnee, der in den Straßen und auf den Strohdächern hoch lag. Der kleine, aber tiefe Fluß, der von der Kuppe des Berges herkam, war früh übereist. Man schritt über ihn wie auf einer neuen Straße. Sie froren in den kleinen Häusern, wenn sie nicht dicht bei den Öfen saßen, und immer blieben Fenster und Türen geschlossen. Sie verharrten in der Enge, jede Familie allein; und auch ihre Herzen wurden starr, da sie den Sommer vergaßen. Grau hing fast stets ein niedriger Himmel über ihnen, nur in der Schul sahen sie sich zu den Gottesdiensten, vor allem am Schabbos; sie war nicht geheizt, und so standen sie da, von einem Fuß auf den andern tretend, um sich Wärme zu erzeugen, und darum hatten sie auch die Hände in die Ärmel geschoben. Und unter ihnen stand der Sender wie vordem und so, als sei er nie fort gewesen. Schnell sprachen sie die Gebete herunter wie eine lästige Pflicht.

Und eines Tages, da war es da; niemand wußte, wer es erfunden hatte; die Kinder riefen Worte hinter ihm her, wenn sie ihn sahen. Ein Lied war es, ihn zu spotten:

»Sender, wohi wellt' er?
Aus dem Johrhundert fort,
Zieht er von Ort zu Ort
Durch alle Länder.
Wohie wellt' er, Sender?«

Ja, dieses riefen sie ihm nach, wo er sich auch zeigte; und keiner war, der ihnen gewehrt hätte. Wie wurde er da einsam! Seine Altersgenossen, die an Jahren ihm wenigstens nahekamen, sprachen wohl dann und wann mit ihm; doch war er ihnen fremd geworden und sonderbar schon durch die wenigen Monate, die er fern gewesen, und durch die Art, wie er verschwunden war. So sehr sind wir gebunden an den ursprünglichen Kreis unseres Lebens und der Gemeinschaft, aus der wir stammen, daß keiner ungestraft sich aus ihnen lösen kann. Sender ging, sobald die Kälte zu weichen begann, wieder seinem Handel nach in die Nachbardörfer und auf die Höfe da und dort. Doch ergab sich kaum ein Gewinn; denn jetzt hatten die Bauern noch keine jungen Hühner, und die alten fingen eben wieder an, Eier zu legen; auch gab es noch kein Jungvieh. Aber es tat ihm wohl, sich mit den Bauern auszusprechen; und ihnen erzählte er auch von dem, was er erlebt hatte, so wenig es äußerlich war, und was er gehört hatte über die unbekannte Welt draußen; unter anderem, daß jetzt viele aus dem Badischen übers Meer nach Amerika zögen, um dort ein leichteres Leben zu beginnen, wo, wie man hörte, Reichtum allenthalben offen lag und in Freiheit leicht zu erwerben sei. Immer wieder wuchsen nun Pläne in ihm, abermals und weiter fortzugehen für lange Zeit. Und wenn er gegen den Frühling zu so dahinschritt durch den in der wärmeren Sonne schon schmelzenden Schnee, der sich schmutzig bräunte von Mist und Erde, so vergaß er sinnend oft den unmittelbar drängenden Tag und die jähen Zankworte, die ihn erwarteten, wenn er mit leeren Händen zur Armseligkeit der niederen Stuben zurückkam und zur Schwester, die ihn doch liebte in dem Verbundensein ihrer Armut. Aber wie des Menschen Schicksal es von Anfang an bestimmt hat, so muß er sich fügen. Und es nützte ihm nichts, was er in sich erwog. Denn als er heimgekehrt war, hatte er ja die Gela Baum noch da gefunden, und es hatte sich ergeben, daß ihr Versprechen mit dem Eisig Stein aus Laudenbach zurückgegangen war, da ihr Vater, der Feiwel, zuletzt an der ursprünglich versprochenen Mitgift hundert Josephstaler hatte abziehen wollen und nicht hatte mit sich

reden lassen; weil er es eben nicht konnte, was er freilich keinem verraten hatte.
Als Sender das alles gehört hatte, war doch eine Schwäche durch seine Glieder gegangen, da das Blut ihm jäh zum Herzen drängte, wiewohl er an dem fremden Ort und während der vielen Monate immer weniger hatte an das Mädchen denken müssen. Ganz ruhig war er schließlich gewesen, als er sie zum erstenmal wiedergesehen und begrüßt hatte, ohne zu wissen, wie die Dinge lagen. Aber während der Winterzeit jetzt im Dorf hatte er sie scheu gemieden, sich erinnernd an die letzte Begegnung damals, ehe er fortging, wo er ihr zärtliche Worte hatte sagen wollen.
Da kam Purim, das Freudenfest zur Erinnerung an die Rettung vom Erzfeind Haman durch die schöne Esther. Und obgleich man ihn und seine vergebliche Wanderung verspottete, indem verhüllte und maskierte Gestalten eines Nachts, wie es üblich war, auch bei ihm und der Schwester eindrangen mit dem Gesang jenes Spottliedes, dabei frechen und auch bösartigen Worten, so ging Sender doch zu dem Fest, das sie wie alljährlich hielten in der alten Wirtsstube. Denn Spott und Bosheit mußte man ertragen, ja lachen mußte man dazu, weil es Purim war, die Tage, da alles gering sein soll, was den einzelnen über uns bedrückt gegenüber dem Gedanken über die Gnade, mit der der Ewige einstens die Väter gerettet hat vor Verleumdung und böser Tat.
Zuerst saßen sie alle ein wenig scheu herum, weil sie befangen waren ob des seltenen Beisammenseins in größerer Zahl, das sie zu gesellschaftli-

chen Formen zwang. So war es immer. Die Mädchen saßen beieinander und trauten sich kaum zu sprechen, geschweige denn zu lachen oder gar zu den Männern hinzuschauen; bis der Leopold, der Spaßmacher im Ort, auf eine von ihnen mit seinen lustigen Schritten zugehend, vor ihr hin und her tänzelnd den gemeinschaftlichen Tanz begann und der Heiterkeit den Weg öffnete. Alles drehte sich bald; nur Sender saß wieder allein, wiewohl er ein anderer geworden war.

Da sah Gela ihn und hatte plötzlich, ohne daß es ihr freilich recht bewußt geworden wäre, Mitleid mit seinem Alleinsein, ging auf ihn zu, auch halb im purimlichen Spaß, und tanzte mit ihm; und alle bemerkten es. Zwar lächelte sie ein wenig, als ob sie es nicht ernst nähme; aber sie schmiegte sich an ihn wie an jeden anderen, indem sie sich drehten. Er aber war ungelenk, so daß die anderen lachten. Und er spürte doch den Atem dem Mädchens nah und fühlte das Zarte und Nachgiebige des Körpers der Frau. Und nicht einmal so sehr auf seine Sinne wirkte es, eher als ein Ahnen von Behütetsein, wonach ihn immer verlangt hatte all die Zeit. Und so war es um ihn geschehen durch diese Wohltat, die Gela ihm hatte angedeihen lassen, ohne es vorher zu bedenken. – Nun wußte er, daß er nicht mehr fort konnte aus dem Dorf. Mit ihm hatte sie getanzt, ihn ihre Aufmerksamkeit fühlen lassen, ihn, der in der Hintergasse wohnte, der nur mit Hühnern und Geißen handelte, der nicht heiraten durfte und bemakelt war damit, daß er die Berocho zur Parsche Tauchocho sagen mußte alle Jahre um die Zeit als ein Gezeichneter; und der alterte mit dem Jahrhundert, wie wenn auch es aufhören müßte, falls er sterben würde, und der dem allem nie entfliehen konnte... Er hatte nach dem Tanz schnelle Bewegungen, und seine Augen strahlten, wie man es nie bei ihm gewohnt war; fliegend gingen seine Arme und Hände. Hastig trank er von dem gebrannten Wacholdergeist, den sie hier ausschenkten, nachdem er zuvor mit den anderen Wein getrunken hatte, jenen gelben Würzburger, von dem sie gemeinsam ein Fäßchen hatten kommen lassen, und der sie alle heiter gemacht hatte. Er lachte und war gleich allen sehr lustig wie nie. Die anderen ahnten den Grund. Da zogen sie ihn auf; und einer fing plötzlich jenes Lied an zu singen, halb berauscht, wie auch er es war:

»Aus dem Johrhundert fort
Zieht er von Ort zu Ort
Durch alle Länder,
Der Sender.«

Die anderen lachten. Aber Sender schien keineswegs böse. Er erhob sich nur ruhig, schritt auf den Sänger zu, sehr langsam, und sagte, als alles still geworden war, da sie Streit und Gewalt erwarteten, indes er vor dem stehenblieb:

»Er hat euer Herz hart gemacht und will nix mehr von euch wissen! Ihr Daheimhocker!«

Sie verstanden nicht, was er damit meinte, und redeten durcheinander. Er aber drehte sich um und ging hinaus, nicht gebeugt, sondern aufrecht und fast stolz. Da folgte ihm Gela, wie getrieben von Unsichtbarem. Aber in Wirklichkeit war es immer noch Mitleid, das sie plötzlich mit seinem Einsamsein gefühlt hatte; auch wurde sie von einem unklaren Empfinden zu ihm, dem Sonderbaren, getrieben, der einen anderen Weg ging als die alle im Dorf. Und sie fühlte vielleicht in ihrem Schicksal ein Gemeinsames, weil ihre Verlobung mit dem Eisig Stein aus Laudenbach zurückgegangen war, und weil man über sie, wie über Sender, geredet hatte. »Komm wieder 'rein, Sender. Laß sie reden!« Doch folgte er ihr nicht, sondern sagte: »Nein, nit mehr. Du kannst ja mit mir geh, wenn dir was dran liegt, Gelele!«

Aber da erkannte Gela, daß sie zu weit gegangen war und ihr Tun mißdeutet werden konnte, daß es ja auch keinen Sinn haben würde, selbst wenn sie Sender lieben könnte, da er ja kein Familiant war; und sie kehrte in die Wirtsstube zurück.

»Oi, oi«, tönte es ihr dort von den anderen entgegen, die durch die Fenster geschaut und gesehen hatten, was sich da anscheinend begab; und einer rief: »Derf mer Glück wünsche?«

Ihr Bruder, der Josel, ging ihr entgegen und sagte, so daß es jeder hören konnte: »Was fallt dir ein, dem arme Tropf nachzulaufe? Ich wer's em Vater sagen!«

»Der ist soviel wie ihr alle«, erwiderte sie, nicht sowohl, weil sie ihn in Schutz nehmen wollte, als vielmehr trotzig, weil auch sie selbst sich in einem Gegensatz fühlte zu ihnen allen ...

Als Sender zur Schwester kam, die solchen Festen längst fern blieb, spürte sie unmittelbar aus seinem Wesen, daß etwas geschehen sei. Er setzte sich schweigend an den Küchentisch und stierte wortlos auf die zerwaschene und zerrillte Platte. Rivke fragte: »Was host de scho wieder?«

Doch antwortete er nicht. Sie setzte ihm einen irdenen Teller, belegt mit einem großen, in vielem Fett dunkelbraun gebratenen Fladen, hin und sagte, als ob sie alles wisse:
»Ach, loß sie reden, Senderle, und eß. Scheene Purimküchle!« Er lächelte vor sich hin, legte seine Hand auf die ihre, die sich neben ihn auf den Tisch stützte, und aß.
»Warum gehst auch zu ihne?«
»Ich will's ihne zeige. Sie solle sehe! –«
Nein, nun blieb er hier, mußte er hier im Dorf bleiben. Wie durfte er Gela nun alleine lassen, die an ihm hing, so wie sie es ihm gezeigt hatte! Etwas mußte geschehen, um es ihm zu ermöglichen, sie zu heiraten. War es nicht möglich, daß sein Bruder bald starb? Immer hustete er; und er war kinderlos geblieben bis jetzt wie zur Strafe dafür, daß er die Pflicht des Blutes versäumt hatte. Doch wies Sender diese Gedanken schnell wieder aus sich fort als einen Frevel. Aber bestand nicht die Aussicht, daß neue Gesetze kamen, da man von Bürgerrechten und Gleichheit sprach schon all die Jahre, und daß so die Fessel des Heiratsverbotes für ihn fiel? Er würde mit Gela sprechen. –
Der Alltag kam wieder, und sie harrten auf den Frühling, wenn er auch hier im gebirgigen Land noch lange auf sich warten ließ. Aber schließlich begannen die Pessachvorbereitungen, und die Frauen hatten viel zu tun im Haushalt mit Putzen und Kaschern.
So war es schwer für Sender, die Gela zu einer Aussprache zu treffen. Auch hatte er doch manchmal Zweifel über ihre Antwort, die er so sehr er-

sehnte. Wohl wußte er, was sie ihm erwidern konnte; aber war es nicht vielleicht möglich, Befreiung zu erhalten von der schweren Bestimmung jenes Gesetzes? Immer wieder sagte er es sich. Und konnte nicht Gela, wenn sie sich ihm nicht weigerte, mit ihm und der Schwester zusammen in dem Häuschen wohnen? Platz war wohl genug. Er würde es gut herrichten lassen, innen und außen; das würde ihm der Schäfer-Karl, der in der Zeit, da die Schafe nicht draußen waren, das Maurerhandwerk übte, für geringen oder gar ohne Lohn gewiß richten. So träumte er all die Wochen hin.

Währenddem aber hatte es ein Gerede im Dorf gegeben um ihn und das Mädchen, so wie es vorauszusehen war nach jenem Vorfall am Purimabend. Er selbst spürte davon zunächst nichts, weil man nur hinter ihm her sprach.

Doch Gela litt darunter. Zu Hause machten Eltern und Bruder ihr Vorwürfe, und die Freundinnen spotteten; und das Mädchen wurde um so unwilliger, als es nie daran gedacht hatte, sich dem Sender zu verbinden, und damals nur aus einem unbestimmten Antrieb von Erbarmen ihm scheinbar ein Gefühl gezeigt hatte. Sie wich ihm aus.

Und als Sender am zweiten Pessachtag vor dem Abend-Gottesdienst in Feiertagskleidern an der Ecke der Obergasse, wo der Torbrunnen stand, an dessen Steintrog gelehnt, auf sie wartete, weil er wußte, daß sie dort vorbeikommen werde auf dem Rückweg von ihrer Freundin Channa Löb, und sie kam, so sprach er sie in der Dämmerung an in seinem großen Vertrauen. »Gelele«, sprach er, »derf ich mit dir geh'! Ich habe dir viel zu sagen.«

Sie aber, ihn erkennend, ging schnell zu, ohne ihn weiter anzuschauen, und sagte:
»Loß mer mei Ruh endlich.« Und als er schon wie geschlagen zurückblieb: »Soll ich verflucht sein mit dir?«
Da blieb er stehen. Stumm dachte er: Verflucht? Verflucht alles, was mich trifft. Wie betäubt und gelähmt ging er abwärts, an den Häusern entlang, und fühlte sich wie nie als ein Fremder in der Heimat. Das war es; das war die Schuld! Niemals würde er es von sich tun können, immer blieb er damit behaftet, wenn er sich nicht selbst half. Und als er am nächsten Tag, da er ein wenig über Feld wollte, um sich zu vergessen, Gela auf der Dorfstraße zufällig begegnete und sie an ihm vorbeischaute, als habe sie ihn nie zuvor gesehen, so schmerzte es ihn zwar innen, doch nahm er es nun als notwendige Schickung, bis er das Schicksal bezwungen haben würde.
Ein Aufbäumen war in ihm; doch wußte er noch nicht, wohin er sich wenden und woher ihm Hilfe kommen werde.
Die Festtage gingen vorbei. Alles war nun grün im Land, der Eichenwald nahe dem Dorf und die steinigen Haferfelder; der Raps zog sich in breiten gelben Streifen die Hänge hinan; die Schlehenbüsche standen in weißen Blüteninseln, und bald trugen die Holzapfelbäume den rötlichweißen Blust; und Sender sah es. Aber schon wuchsen auch die unnützen Nesseln an der Mauer des Hauses dicht in hohen Stauden.
Allabendlich gingen jetzt die jüdischen Männer gegen die Dunkelheit zum Omern in die Schul; von

allen Seiten aus den Gassen kamen sie eilends herbei, und es schien ihnen wie jedes Jahr, wenn sie des Anlasses dieser besonderen Gebetsstunden gedachten, als seien sie auf der Flucht vor dunklen Gewalten ringsum, die immer sie bedrohten, wie ihre Vorfahren einst vor tausend Jahren. Sender war auch jedesmal dabei, innerlich bedrückt in einem doppelten Sinn. Selten sprach einer aus der Gemeinde mit ihm, da sie ihn nun auch für überheblich hielten zu all dem anderen hin.

Und es kam wieder herbei Schabbos Beschukkaussai, da man die Parscha der Segnungen und der Flüche sagt, wie wir gehört haben. Und alle waren nun froh, daß Sender zu diesem Tag wieder da war; denn es schien für sie selbstverständlich, daß er sich wie von je dem Dienst der Gemeinde weihen werde, jetzt, da der alte Schlaume im Spätsommer gestorben war, der, als der Junge fortgewesen war, obwohl er kaum mehr sprechen konnte, notgedrungen noch einmal hatte zur Parsche Tauchocho aufgerufen werden müssen; wobei sie aber wohl gefühlt hatten, daß das nicht ein Gott wohlgefälliges Beten sein konnte von einem, der nicht ganz bei Sinnen war. Und Sender stand ihnen ja nun noch tiefer als einst aus all den Gründen, die geschehen waren seit seiner Rückkehr und früher.

Ein heiterer Frühsommertag war es; an den Gartenrändern blühte der ganze Blumenrausch dieser Jahreszeit mit ersten Moosröschen, mit Pfingstrosen und spätem Flieder; ein Schabbos in all seiner Ruhe, wie es sich gehört, war angebrochen, dessen festliches Licht im Gegensatz stand zu dem schweren Abschnitt des Gesetzes, den es sie, wie überall, nach dem heiligen Gesetz zu lesen traf. Bald aber würde Schewuaus, das frohe Fest der Offenbarung, sein...

Der Chasan betete und sang, und die Kehilla, die Gemeinde, betete und sang mit. Oben, unsichtbar, standen die Frauen, alt und jung, in den schwarzglänzenden Scheiteln unter den Schleiern, leise vor sich hin betend und der Führung der Stimme ihrer Männer unten folgend, die eine jede aus dem Chor heraus erkannte.

Die Thora wurde ausgehoben aus der heiligen Lade, und aufgerufen wurden die Männer. Einer nach dem anderen kam; und schließlich war es soweit, daß die Parsche Tauchocho gesagt werden mußte, und erwartet wurde, daß Sender sich zur Empore begebe hinauf vor die Lade.

Die Frauen hoben plötzlich die Köpfe. Wie lange blieb es still unten? Aber auf einmal wurde es laut. Die vorne am Gitter stehenden Frauen sahen, wie sich die Männer unten umdrehten, erst mehrere, dann alle; und alle blickten nach einer Stelle, nach der letzten Reihe dem Ausgang zu, wo Sender stand und vor sich hin schaute, den Gebetsmantel über die Schultern, ohne sich zu bewegen.

Da rief zuerst einer: »Sender!«

Aber der rührte sich nicht. Und wieder einer: »Sender!« und dann mehrere; und schließlich war ein Rufen in der Schul:

»Sender, geh bei! Geh bei, Sender!«

Und immer wieder, und: »Eîn, eîn!«

Doch blieb der ruhig und stumm und unbewegt durch ihre laute Forderung, sein Opfer für sich zu verlangen, obwohl sie ihn verachteten, indem sie dabei die Weihe des heiligen Raumes störten. Alle hatten sich nach ihm umgedreht, schauten auf ihn und fühlten und fürchteten. Und die Frauen oben auf der Empore drängten sich zusammen nach vorne, um zu sehen, was sich begab.

Und Sender rührte sich nicht. Und kein anderer brachte es über sich, an seiner Stelle die Berocho zu dieser Parsche zu sagen.

So blieb an diesem Tage die Tauchocho ungesagt; und sie fürchteten, daß es als eine Sünde schwer auf der Kehilla lasten bleiben werde.

Bedrückt verließen alle das Haus Gottes, als eingehoben und jedes Gebet gesagt war. Die Sonne schien in mailicher Wärme über den Häusern. Aber den Menschen war es, als läge ein düstrer Schleier über dem Tag und ihrem Leben. Wie konnte das beseitigt werden, was geschehen war!

Sender verließ als letzter die Schul. Draußen standen noch einige. Böse Worte riefen sie ihm zu. Und keiner schloß sich ihm an, als er langsamen Schritts nach der Hintergasse zu dem Häuschen ging, das im Schatten lag. Aber aus dem Schwalbennest unterm Dach über der Tür zwitscherten mit gelben Schnäbeln junge Vogelköpfchen.

Als er eintrat, saß die Schwester Rivke weinend, noch mit dem Schleier über dem Kopf, und erwiderte nicht sein »Gut Schabbos«. Sie weinte, als sei ihr jemand gestorben.

»Rivkele«, sagte er, »sei nit bös! Das hab ich tun müssen. Er wird mer's verzeihen. Er sieht alles, wie es is in Wahrheit.« Aber sie beruhigte sich nicht und sprach tagelang kein Wort mit ihm.

Und auch von den andern bekam er keine Ansprache mehr von nun an. Alle wichen ihm aus, weil sie ihn schuldig sprachen an dem geheimen Drohen des Schicksals, das sie ob der großen Sünde über sich fühlten.

Denn es ist so, daß die vielen sich nie die eigene Schuld eingestehen und sie abzuschieben suchen auf den, der sich von ihnen unterscheiden muß, weil sie des Mitleids um ihn vergessen und nur die gemeinsamen leeren Worte sprechen, als seien sie Tat; und weil die Menschen nur ihres eigenen Wesens Maßstab an das der anderen legen können, und so die Guten leiden müssen durch die Niedrigen.

So trieben sie ihn noch mehr in die Einsamkeit, und während sie ihn zuvor verspottet hatten und wohl über ihn unwillig gewesen waren, war er ihnen jetzt eine Last und ein Anstoß im täglichen Leben, ob sie ihm begegneten oder nicht. Und gar das Spottlied hörte er nicht mehr, das wurde ihm eines Tages bewußt; denn der Parnes hatte verboten, es ihm nachzusingen und ihm auch nur so zu zeigen, daß man noch auf ihn achtete; und als ihm einmal auf einem engen Feldweg, der sich um das Dorf zog, Gela entgegenkam, drehte sie sich, als sie seiner ansichtig geworden war, um und eilte zurück.

Er ging nur durch die Hintergasse und vermied es selbst, ihnen zu begegnen. Und auch rings bei den Bauern fühlte er bald eine Wandlung; das war so, weil man ihnen, die treu in ihrem eigenen Glauben waren, gesagt hatte, er habe dem heiligen Gesetz sich geweigert. Nur der und jener von ihnen gab ihm Aussprache, wenn er zu ihm kam in Hof und Stall und auf dem Feld. Oft saß er bei einem Nachbarn, dem Büttner, im Stall, ohne zu sprechen, und schaute auf das Vieh, die Kühe und die jungen Kälber, wenn sie bei der Fütterung das frische Gras und das Heu aus den Raufen zogen und langsam malmten. Da wurde er ruhig. Der Bauer wußte um ihn und ahnte sein Geschick, weil er selbst dem Wesen des Lebens nahe war.

Der Sommer versank; die zweite Mahd war untergebracht in den Scheunen des Dorfes, und auf den Stoppelfeldern ernteten die schwarzen Raben den Rest der Frucht und schrien schon die Klage des Winters, und das letzte karge Obst der Holzapfelbäume war geerntet. Wolken und Nebel kamen nach den ersten herbstlichen Dauerregen; und wenn sie zeitweise von der Kuppe gewichen waren, die sie jetzt fast stets bis herunter verhüllten, wobei sie Nässe über Wiesen und Äcker ließen, so rauchten die Kartoffelfeuer bläulich da und dort in trüben Fahnen über die Flur. Bald würde es vorbei sein mit der Zuflucht, die die Erde und ihr Wachstum dem Einsamen geboten hatte...

Eines Tages aber ging es wieder im Dorf um, Sender sei abermals nicht mehr da; seit zwei Tagen sei er nicht mehr heimgekehrt. Wie eine Schuld begann es wieder um ihn auf allen zu lasten; doch wurde es ihnen nicht klar, was es war, das sie drückte. Rivke war jetzt nicht mehr die Stille, die Mitleid heischte; sie schalt, lief umher wirren Haares und beschuldigte.

Nach einer Woche etwa erzählte der Knecht beim Büttnerbauern, der Konrad, er habe den Verschwundenen oben auf dem Berg von weitem gesehen – bestimmt sei er es gewesen –, wie er um den großen Nußbaum der Haldenwiese im Kreise gegangen sei, immer im Kreise, und dazwischen den Stamm und die Rinde gestreichelt habe, wie als ein Lebendiges, das zu ihm gehöre; aber sobald er sich ihm habe nähern wollen und von ihm offenbar gesehen worden sei, habe er sich gewandt und sei barhaupt und wie gehetzt nach dem nahen Buschgehölz entlaufen.

Nie haben sie wieder von Sender Frank in jener Gegend etwas gesehen. Man hat die Gehölze ringsum und weiterhin abgesucht; man ließ in dem Ort, von dem er das Jahr zuvor heimgekehrt war, nach einiger Zeit nachfragen; doch alles ohne Erfolg. Nur viele Jahre später, und Rivke war längst gestorben und Gela weit ins Preußische hinein an einen Pferdehändler verheiratet, und die Kinder, die ihm einstens jene Spottverse nachgerufen hatten, waren Erwachsene und hatten wieder Kinder, ging ein Gerücht, in Amerika, wo sie jetzt mit den Dampfschiffen hinfuhren, habe ein Jude namens Alexander Franc, der aus Deutschland stamme, unermeßlichen Reichtum erworben als ein Fabrikant in edlen farbigen Tuchen. Aber das blieb sehr ungewiß; denn ein andermal hörte man, in einer großen östlichen Stadt, wo sie noch treu wie einst am Väterglauben hingen, lebe ein alter Rav, der weise sei über alle und viel Gutes tue und jenen Namen trage, den sie über das Jahrhundert hin nicht vergessen hatten, weil die Begebenheiten von einst immer von Geschlecht zu Geschlecht weiter-

berichtet worden waren. Doch dieses auch war nur ein Gerücht.
So blieb es bestehen, was damals die Alten gemeint hatten: daß keiner sich dem Opfer entziehen dürfe, wenn die Gemeinschaft es fordere, und daß Sender gestraft worden sei, wie es die Parsche Tauchocho dem Volke des Herrn androhe für alle Zeit.

Raphael und Recha

Vielleicht hätte der nun etwa fünfzigjährige Raphael Baer das Leben an der Seite seiner um mehr als zehn Jahre jüngeren Frau Recha, der Tochter eines ärmlichen Schames, des Synagogendieners aus dem Nachbardorf, auf dieselbe Weise weitergeführt, bis er ein alter Mann gewesen wäre, wie er sich bis jetzt gewöhnt hatte, es zu leben in den mehr als ein Dutzend Jahren ihrer Ehe, wenn nicht schließlich jener Vorfall mit dem Mieter Debele und jene Folge von Ereignissen daraus eingetreten wäre wie früher ähnliche aus demselben Grund, nämlich der Habgier und des niedrigen Geizes seiner Frau, die ihn dieses Mal durch ihre Verknüpfung schicksalhaft bezwangen.

Denn wie aus unscheinbaren Ursachen meist ebenso harmlose Folgen entstehen, so daß man sich an sie gewöhnt und sie schließlich geduldig trägt, so kann es doch oft geschehen, daß jäh durch das Hinzutreten von Handlungen oder unvorhergesehenen Kräften, gleich wie aus an sich unschädlichen chemischen Stoffen durch Mischung Gifte entstehen, entscheidende und böse Wirkungen auf die Menschen fallen, die ihren Alltag bisher so hinlebten, als könne nichts ihn und sie ändern.

Eine geringe Ursache war es, wenn wir es von uns, den Heutigen, aus betrachten, wie man sehen wird; aber für die damalige Zeit doch ein Unge-

wöhnliches, so daß die Leute später noch lange davon gesprochen haben...
An einem Spätherbsttag in der Dämmerung stand Frau Recha lässig, in ihrem etwas verschlissenen schwarzen Kattunkleid mit den violetten Blumenmustern, unter der breitglockigen Petroleumlampe ihres Wohnzimmers mit den gestärkten und gerafften weißen Vorhängen. Lisabeth rechnete mit ihr ab. Lisabeth ging zu Christen und Juden auf die Stör; das heißt, sie nähte den Frauen und Kindern in deren Häusern gegen Kost und geringen Lohn die Kleidung, Röcke und Blusen und Wäsche, und was immer es zu flicken gab selbstverständlich. Daneben aber war sie die einzige Hebamme im Städtchen; die gute Frau hatte seit dreißig Jahren alle Kinder da zur Welt bringen helfen und war so die Ursache vieler Schicksale; freilich konnte sie so auch als zuständig gelten für das Urteil, sie wisse wohl, weshalb die Recha notwendig so sein müsse, wie sie war: nämlich weil sie keine Kinder habe tragen können. Daß sie in beiden Berufen, von denen der letzte ja mehr eine Berufung ist, damals am meisten von den jüdischen Familien begehrt war, darf vielleicht noch erwähnt werden... Lisabeth saß vor der Nähmaschine, umlagert von Flicken und Stoffen. Frau Recha also rechnete mit ihr ab. Nun, die Lisabeth war ihr gewachsen; sie war es gewohnt und wußte, wie alle, Bescheid, daß mit dem Rechele schwer Kirschen essen war, wenn es um Geld ging; und die Szenen hier im Hause waren ihr nichts Neues. Natürlich ging es um Stundenlohn; und da die Näherin während zweier Tage je zehn Stunden mit

Nadel und Schere, Ellenmaß und Tretmaschine, die seit wenigen Jahren eine neue Einrichtung war, fleißig gearbeitet, auch wirklich Sichtbares zustande gebracht hatte und für die Stunde je dreißig Pfennige, die, eben um jene Zeit mit der Mark zusammen im ganzen Lande eingeführt, vereinbart worden waren, so ist leicht zu errechnen, was ihr ohne das Markten der Recha hätte ausbezahlt werden müssen. Ja, Raphaels Frau marktete, wie man bei uns sagte, sie handelte und suchte die Preise zu drücken, stets, wie und wo sie nur konnte, und gegen jede Vereinbarung gar; jedermann wußte es. Und wenn es ihr gelang, auch nur einen Pfennig herauszuschinden durch die Zähigkeit ihrer Gründe oder ihre selbstsüchtige Rücksichtslosigkeit, der der andre nicht gewachsen war, so war sie befriedigt und hielt sich für die tüchtigste Hausfrau des Städtchens immer von neuem.

Ihr wißt also ungefähr, was das für eine war. Nun, bei der Lisabeth kam sie an die Rechte, auch sie wußte ja Bescheid. Kein Wortschwall half der Recha. Und obwohl die fast mit Tränen von den schlechten Zeiten sprach, die jetzt vor allem über die Leute gekommen seien, die kein Warengeschäft hätten, obwohl sie selbst dann wieder schimpfte über die Habgier der Näherin, so ließ diese sich davon nicht rühren und ließ nicht die fünfzehn Pfennig für die angeblich um die Mittagszeit des ersten Tages versäumte halbe Stunde abziehen, sondern blieb fest, und die andere mußte die sechs Mark zahlen, sechs bare Mark, bestehend aus zwei silbernen Talern. Und als Lisabeth schließlich gegangen war, setzte Recha sich an den

Küchentisch, nachdem sie das schwarze, wachstuchüberzogene, abgegriffene Notizbuch, in dem nichts als Zahlen standen, aus der Lade genommen hatte, und rechnete, zählte, überlegte, wo sie einen Pfennig statt des eben nach ihrer Meinung verlorenen, herausholen, ersparen könnte, um das wettzumachen. Und in sich hinein schalt sie auf die Näherin, gab ihr böse Worte und beschloß, sie nie mehr ins Haus zu nehmen, obwohl sie wußte, daß ihr keine andere Wahl blieb, weil eben kein Ersatz da war. Wie oft war sie schon in solcher Lage gewesen. Auch berechnete sie nun, wie viele Gulden und Kreuzer das machte nach der bisherigen Währung, was die Lisabeth an Mark erhalten hatte; denn wenn nun die Zahl in der alten größer war, so schien ihr das doch ein Trost zu sein. Und vielleicht war es doch möglich, der Jachet, dem Dienstmädchen, das auch die beiden Kühe im Stall besorgte und molk, den Lohn ein wenig zu kürzen! Wenn nur nicht deren Mutter ein Geschrei darum in der Kehilla machen würde, das fürchtete sie doch. Sie saß da mit dem schlecht gespitzten Bleistift, und aus dem Nest ihrer krausen Haare am Hinterkopf hatte sich, wie gewöhnlich, eine lange schwarze Strähne gelöst und hing fast bis auf die Schulter. Nein, auch sehr ordentlich war die Recha nicht. Auch daran hatte der Raphael sich längst gewöhnen müssen, dessen Mutter eine gute Hausfrau gewesen, wie es sich gehört für das fromme Haus, und bei der darum alles blitz und blank gewesen war.

Wie Recha so saß, gingen draußen schnelle halblaute Schritte, so, als ob jemand eilends und unge-

sehen vorbeikommen wolle. Und als habe sie darauf gelauert, erhob sie sich hastig, trat unter die Tür und sagte:
»Debele, wo bleibt die Miet'?«
Der blieb wie ertappt stehen und drehte sich zu ihr, da er eben im Begriffe gewesen war, die Treppe zur Dachkammer emporzusteigen, die er bei den Baers seit mehreren Jahren bewohnte. Einen Augenblick schwieg er, wußte nichts zu sagen. Was hätte er auch anders erwidern sollen, wenn er bei der Wahrheit bleiben wollte, als dies, daß er nicht zahlen könne, da er den Mietzins in Gottes Namen nicht habe, mit dem er seit zwei Monaten rückständig war. Aber das durfte er nicht sagen, wollte er nicht ein Gekeife hervorrufen, wie er es schon einmal erlebt hatte; denn das ertrug sie nicht. Demütig mußte er tun, mußte sie beruhigen, dadurch, daß er ihr in Aussicht stellte, er werde bald zahlen, er bekomme Geld; der Leib Kahn, dem er, wie sie wisse, einen Viehkauf nachgewiesen habe, werde in den nächsten Tagen zahlen, denn der erhalte selbst jetzt erst das Seine aus dem Geschäft. So stand er. Nur zum Schweigen wollte er sie bringen und sie beruhigen, bis ihr Mann zurückkehrte, der auf zwei Tage zum Einkauf weggefahren war. Denn mit dem konnte er sprechen, dem lag nichts daran, ob er die paar Mark – nun, es waren immerhin fünfzehn und für den kleinen Mann schwer zu verdienen – ein wenig früher oder später erhielt, er war nicht sehr darauf aus, ja, das wußte Debele, er hätte ihm die Schuld, eine Mietschuld gar, erlassen, schon um der frommen Wohltat willen, wenn nicht seine gierige Frau, das Rechele, gewesen wäre.

Freilich, auch er hatte ihm in letzter Zeit schon gedroht, ihn aus der Kammer zu setzen; aber dabei hatte er ein wenig gelächelt, so, als sage er es nur spaßend; und wer weiß, vielleicht hatte er es nur aus Angst vor Recha getan, die ihm gewiß um das Versprechen in den Ohren gelegen hatte. Man wußte ja, daß sie ihn zwang, immer nachzugeben, damit sie ihren Willen durchsetzte. Und Raphael war fromm, obwohl er zu den Kezinim, den Vermögenden, gehörte, dachte Debele; wie ja zu jener Zeit im Grunde noch alle aus unserer Gemeinschaft, die in den Dörfern und kleinen Städten lebten, auch wenn sie sich in guten Verhältnissen befanden und keine Sorgen hatten, ihre Pflicht gegenüber dem Gesetz nachkamen...

»Was heißt, bald zahlen?« fragte Recha gereizt, »ist das eine Art, irgendwo zu wohnen und die Miet' schuldig zu bleiben!«

Nun war es dazumal noch sehr ungewöhnlich, ja überhaupt nicht dagewesen, daß einer seine Miete nicht zahlen konnte und daß Menschen um des Geldes willen es erwogen, einem anderen das Dach über dem Haupt wegzunehmen; anders als heutzutage, da in den Städten und schon in den Dörfern einer den anderen wegdrängt, wo er kann, weil er eben im Besitz der Stärkere ist; und wie hätte man es damals gar unter Juden für möglich halten sollen.

»Nun, nun«, wagte Debele zu erwidern, »Sie tun so, als hätt' ich überhaupt noch nie bezahlt, wo ich doch schon an die fünf Jahr' bei Ihne wohn' und nur im letzte Jahr manchmal hab' rückständig bleibe müsse...« Aber das hätte er nicht sagen sollen;

das reizte die Frau, die Widerspruch ohnedies nicht ertragen konnte.
»Wie? Auch noch aufbegehre wolle Sie! Das ist e stark Stück. Na, warte Sie! Mir habe auch nix zu verschenke; Sie werre scho sehe. Warte Sie nur, bis mei Mann daheim ist!«
»Was wolle Sie, ich kann halt jetzt nit zahle, es isch mir arg genug. Sie sollten auch ein wenig Mitleid haben. Mei Schuld isch's nit.« So demütigte er sich und bat sie um Erbarmen.
Dabei ging der so bedrängte Mann langsam weiter mit seinen hängenden Schultern und stieg die Treppe hinan über den Boden in die niedrige schräge Kammer, deren Wände zwischen den Balken des Daches lagen, ein Teil des Bodens, der mit dem jahrzehntealten Gerümpel und Abfall des Hauses angefüllt war. In seinen Ecken und insbesondere zwischen den Balken und am Kamin hingen dichte Spinnweben im Staub.
Die Recha aber konnte es nicht unterlassen, hinter Debele herzurufen: »Schuld, Schuld! Sin am End' mir schuld? Wenn einer fleißig isch und kein Schlemihl, dann kann er sei Miet' zahle...«
Er konnte nicht einmal antworten auf dieses schlimmste Vergehen gegen eines unserer strengen Gebote, einen Nebenmenschen nicht zu beschämen.
Nach einiger Zeit hörte er des Hausherrn bekannte Schritte die Treppe heraufkommen; Raphael kehrte heim. Und kurz darauf, ohne die Worte zu verstehen, die laute, unablässig immer wieder beginnende Stimme der Recha, die kaum eine Antwort zuließ, jedenfalls war die des Mannes nicht

zu hören. Debele saß auf dem einzigen Stuhl seines Zimmers, dessen Sitz nur ein Brett war; wie ein Angeklagter saß er, gegen den vor Gericht verhandelt wurde, rührte sich nicht und starrte vor sich hin. Bis dahin also war es mit ihm gekommen; wie in einen Schacht hinein schaute er in die Tiefe der Vergangenheit und seines Geschicks, das ihn bis hierhin geführt hatte.

Die Türe unten wurde plötzlich geöffnet und zugeschlagen; und währenddem hörte er die Stimme Raphaels: »Schämst dich denn nit, kannst dich nit schämen, nie?«

Wie ein Ausruf der Verzweiflung klang es. Ach, der hatte es auch nicht leicht, dachte Debele; jeder im Städtchen wußte es. Aber was half das ihm, der nicht wußte, wo er Geld auftreiben sollte so schnell. Jedem war es auch schon bekannt, daß er seine Miete nicht zahle. Dafür hatte Recha gesorgt, jedem erzählte sie es in ihrer Habsucht. Und obwohl jeder auch wußte, daß sie selbst die geizigste Person in der Kehilla war, die ihrerseits keinem anderen das gönnte, was ihm zustand, so sprachen sie eben doch darüber, und er schämte sich, unter sie zu gehn. Und doch mußte er ihnen immer begegnen. Er wollte noch einmal mit Raphael sprechen.

Sie wohnten in dem wohlhabenden Städtchen am Abfall des Gebirges, zwischen dem Winkel der beiden kleinen Flüsse, die nahebei in den großen grünen Strom münden. Sein Äußeres war wohl noch genauso wie vor Hunderten von Jahren, wenige enge, aber trauliche Straßen, die mit glatten Steinen bepflastert waren. Und erst wenige Jahre

war es her, seit die Eisenbahn die Verbindung mit der weiten Welt erleichterte.
Am frühen Morgen des nächsten Tages ging Raphael mit seinem Mieter wie täglich zusammen aus der Schul vom Gottesdienst durch die neblig feuchte Luft heim, jeder seinen rotsamtenen, mit den heiligen Zeichen aus Goldfäden bestickten Tefillinbeutel in der Hand; ja, obwohl Debele ein armer Bocher war und unter den anderen wenig galt, wenn sie vom Geschäft sprachen – er war, um es klar zu sagen, ein kleiner Vermittler und Zuschmuser –, so nahm ihn der Raphael doch für voll, weil er fromm war und er ihn darum wie jeden anderen jüdischen Mann, der mit ihm in der Schul die Gebete sprach und aufgerufen werden konnte, als seinesgleichen ansah und auch so behandelte. Im Wesen waren sie sich beide ähnlich; nur daß der eine ein vermögender Mann war, weil sein Vater fleißig und glücklich gearbeitet, ihm Haus, schöne Felder, Vieh und ein artiges Kapital hinterlassen hatte. Er selbst, nein, er war kein Geschäftsmann, wenn man es genau besah; und wenn Recha nicht gewesen wäre..., nun, es ist müßig, diesen Satz zu vollenden, wir kennen sie ja schon ein wenig. Aber doch war er geachtet bei den anderen, das ersieht man schon daraus, daß sie ihm nicht einen Übernamen gegeben hatten, ja nicht einmal seinen Vornamen, wie bei den meisten anderen, verkleinerten.
So fing er selbst an auf diesem Heimweg und so, als hätten sie zuvor schon darüber gesprochen und als setze er nur ein Gespräch fort:
»No, brauchst der's nit zu Herze z'nehme, was mei

Frau sagt. Sie isch halt so, sei unbesorgt; von mir aus kannscht bleibe, solang du willsch, ich wer scho dafür sorge.«
Und nach einer Weile, ohne daß der andere mehr gesagt hätte als: »Das wird dir zum Gute vergolte werde«, fügte er hinzu, und es war wie ein Seufzer zur Entlastung: »Schwer ist es mit ihr, schwer.«
Aber die Recha gab keine Ruhe. Denn jenes Geschäft des Leib Kahn hatte sich schließlich zerschlagen im letzten Augenblick, weil das Stück Vieh, das durch die Vermittlung des David, ihres Mieters, verkauft worden war, eine Make, einen Mangel hatte, so daß der Verkäufer es hatte zurücknehmen müssen, und es also auch mit dem Maklerlohn nichts war. Recha drängte und drängte, weil wieder Monate vergangen waren... – In seiner Verzweiflung kam Debele auf den Gedanken, mit Michel Bloch zu sprechen; wenn einer helfen konnte, so war der es, meinte der Bedrängte in Selbstgesprächen.
Bloch galt als der klügste Mann in der Kehilla und hielt sich auch dafür, ebenso wie als den beliebtesten; denn keiner war ihm feind, weil er zu jedem so redete, wie der es gerne hörte, auch erzählte er gerne Witze, alle kannte er und wußte selbstverständlich stets die neuesten; überall war er, wo es Kranke zu besuchen galt, und natürlich sah man ihn bei jeder Beerdigung, und dies nicht nur im Städtchen unter den Juden, sondern auch, wenn ein angesehener christlicher Mann gestorben war, auch nicht allein in der eigenen Gemeinde, sondern ebenso in den benachbarten Ortschaften; als ein rechter Biedermann galt er also, mit einem

Wort. Ja, stets hatte er die rechten Worte für die Menschen bereit. Auch war er betucht wie wenige mit seinem Kurz- und Wollwarenladen und den zwei Reisenden, die er schon hatte und die bis hoch in den Wald hinein die Bauern besuchten.

Debele sprach ihn also an, als er ihm auf dem täglichen Gang zum Nachmittagskaffee in der »Krone«, wo sie Karten zu spielen pflegten, begegnete; bescheiden begann er, wie es sich in solchem Falle ziemt, und suchte ihm alles darzulegen, stellte ihm vor, zu vermitteln oder – und dabei machte er eine Pause – anderswie zu helfen, weil ja ihre Väter auch Freunde gewesen seien. Aber der hatte Eile, wie solche Leute immer, und sagte:

»Was soll dabei ich tu? Laß mich da heraus. Ich misch' mich nit gern in fremde Sachen; nur Ungelegenheiten hat man damit. Soll ich mich mit dem Raphael und seiner Frau verfeinde? Ich hab' jetzt auch keine Zeit, werd' erwartet.«

Da hatte er es, der gute Debele. Aber beim Kartenspiel machte Michel Bloch das Gehörte doch zum Tischgespräch, einfügend, eigentlich sei das Sache der Chevra Kadischa; und einer, der dem Vorstand dieser wohltätigen Vereinigung angehörte, erklärte, er werde es dem Parnes sagen, der zugleich den Vorsitz hatte. Und so geschah es. Und einige Tage danach am Speisig-Nacht, nach Schabbos-Ausgang also, da sie ohnedies zur Beratung bei diesem, dem Menke Guggenheim, zusammentrafen, stand die Sache David Levy auf der Tagesordnung. Bela, die Frau des Menke, hatte, damit sie sich behaglich fühlten, wie stets ihre bekannten Anisplätzchen hingestellt und Nußlikör in den gerauhten Gläs-

chen mit dem blauen Rand, die ihr Mann vor einigen Jahren von einer Reise mitgebracht hatte.
Auch jetzt nahm Michel Bloch wieder das Wort zuerst und hielt sich dazu auch befugt, da auf seine Anregung die Sache ja zur Sprache gebracht werde, wie er einzuflechten nicht unterließ. Und so wie früher dem Debele gegenüber, so fand er auch jetzt, da es galt, wirklich etwas zu tun und zu leisten, das mehr war als eben Wortemachen, die rechten Ausflüchte, fand schnell die besten Gründe, sich davon zu befreien, sprach so, wie solche Art Menschen immer, wenn sie sich billig einer Tat entziehen wollen, die ihnen ein Opfer erscheint. Man könne nicht einen solchen Fall schaffen, der für die Zukunft immer wieder als Beispiel gelten und Ansprüche wecken würde, so daß die Chevra es schließlich nicht mehr werde leisten können. Das sei ja noch nie dagewesen, daß man einem die Miete bezahlt habe. Und dazu komme, daß man schlechten Zeiten entgegengehe, jeder wisse es. Und wie nebenbei fügte er hinzu, es seien gerade wegen der schlimmen wirtschaftlichen Lage auch manche Nichtjuden in den letzten Jahren ausgewandert, um ihr Glück, damit es einmal klar ausgesprochen sei, in der Neuen Welt zu suchen.
Die anderen konnten sich seinen Gründen nicht verschließen. Der alte Avrohom Meyer stimmte ihm bei, nachdem er aus seiner geschnitzten buchsbaumenen Schnupftabaksdose eine Prise herumgeboten und dann sich selbst eine über den vom Tabak bräunlich gewordenen weißen Bart zugeführt hatte. Er habe aber einen Vorschlag, der vielleicht helfen könne: man müsse dem Raphael

zureden, er solle den Debele noch einige Zeit wohnen lassen, bis sich eine Gelegenheit biete; das sei doch eine Mizwah, eine Wohltat, recht wie die Tauro sie verlange und wie sie gerade dem angenehm sein werde.

»Seiner Frau möcht' ich's ja nit einrede müsse«, meinte lachend der Elias Gump, der immer geradezu sprach und darum auch mit dem Michel Bloch nicht eben gut stand, weil er ihm als der einzige aus der Kehilla manchmal die Wahrheit sagte; und darum fuhr er auch jetzt fort:

»Ich bin der Meinung, der Michel soll die Sach' übernehme und mit ihr rede, er hat es auch angeregt.«

Der wehrte sich aber mit heftigen Worten, bis der alte Meyer es, indem er mit den Fingern auf die Tabaksdose klopfte, übernahm, nachdem es zum Beschluß erhoben und zu Protokoll genommen war mit der Einschränkung, daß es genüge, mit dem Ehemann Baer alleine zu sprechen, ja, daß es gegen die Gepflogenheit wäre, sich an die Frau zu wenden. Es war ein billiger Ausweg, darum wurde er gegangen.

Den Raphael traf Avrohom Meyer am nächsten Tag und redete ihm zu mit eindringlichen Worten, sprach von Gemiles Chasodim, den Liebesdiensten am Nächsten, im allgemeinen und der Pflicht der Bruderschaft im besonderen, und vor allem meinte er, sie hätten gar keine Zweifel, daß er nachsichtig sein werde, da man ihn ja als einen wohltätigen und freigebigen Mann kenne, der sogar mehr als den vorgeschriebenen Zehnten geben würde, wenn es auf ihn ankäme; und man müsse

ja Mitleid haben mit dem armen Debele, der das alles gewiß nicht verdient habe.
Daß Raphael mit sich reden ließ, wird man schon aus dem bisher über ihn Erzählten entnehmen können; ohnedies versuchte er auch sonst kaum zu widersprechen, wenn jemand auf etwas bestand, was er durchsetzen wollte und dessen Billigkeit er selbst einsah. Aber hier ging es überdies um eine religiöse Pflicht, um die Haupttat geradezu, die dem jüdischen Menschen auferlegt ist vom heiligen Gesetz, der Zedaka, und es ging um Gemilus Chesed, Gerechtsein und das Wohltun; dazu aber hatte Raphael dem Debele schon das versprochen, was man von ihm wollte; freiwillig hatte er einem frommen Juden sein Wort gegeben, er werde ihn schonen.
Ihm war es ja nie sehr um Erwerb des Geldes zu tun gewesen, da er es ja durch glückliche Umstände von den Vätern her immer besessen und da er stets in Wohlstand gewesen war. Er achtete seiner wenig und hatte es nie als Selbstzweck genommen. Wie ja überhaupt Menschen, die von unten und aus kleinen Verhältnissen, wenn auch nicht aus der Armut kommen, aber durch irgendwelche Geschehnisse, Zufälle oder auch zähe Arbeit nur um des Gewinnes willen Vermögen erwarben, leichter geneigt sind, das Geld an sich zu überschätzen, ja, ihr Leben und ihre Einstellung zu den anderen Menschen nur nach seinem Maßstab zu richten. Daran erkennt man sie bald.
Solcherart war also der Raphael nicht. Und so erwiderte er dem Meyer:
»Ihr brauchet nit große Worte zu machen wegen

dem. Dem Debele hab ich schon zugesagt, er brauche nit auszuziehen. Dabei bleibt's! Was sin die paar Mark schon! Und ich versprech' Euch in die Hand, daß ich nit wortbrüchig wer, Gott behüt!« So sprach er; und man weiß, was das bedeutet für einen frommen Mann.

Als er an jenem Abend heimkehrte und nach dem Abendbrot seiner Frau Recha vorsichtig klarmachen wollte, was er besonders feierlich so versprochen hatte, und daß sie duldsam sein müsse zu dem armen Mieter, stieg ihr dieser Widerstand gegen den früher geäußerten Willen, gegen ihre Herrschsucht und ihre Gier so zu Kopf, daß sie sich nicht mehr zu halten wußte. Sie schrie und tobte, lief durch das Zimmer so, daß das gläserne Service auf dem Pfeilerschränkchen klirrte, und klagte über »das Stück Schlemasel von Mann«, das Unglück, das sie habe und mit dem sie leben müsse. Denn sie mußte, anders als dieser, den Wert des Geldes und des Besitzes überschätzen, und nie hatte die Arme darum Ruhe; war sie doch in kleinen Verhältnissen aufgewachsen, von ihrer Mutter erzogen, alles, und gerade auch die Menschen, nur nach Kreuzern und Talern zu messen und nicht seinem inneren, dem wirklichen Werte nach. So vermochte sie auch das Wesen ihres eigenen Mannes nicht richtig zu sehen, da er ja gerade darin nicht ihrer Art war und es deshalb auch stets ablehnte, in der Gemeinde einen Ehrenposten zu übernehmen, nur damit man von ihm spreche, wie sie es verlangte. Dabei liebte sie ihn doch und war ihm innerlich verbunden durch die vielen Jahre des Zusammenlebens, vielleicht auch aus dem Ge-

fühl des Besitzes und des auschließlichen Fürsichhabens; ihr Mann war das.
Und eben weil so, wie geschildert, seine Art war, hatte er sie damals geheiratet ohne jede Mitgift, zum Erstaunen der ganzen Kehilla und der Ihren, nur weil auch sie ihm gefiel in ihren krausen, glänzenden Schwarzhaaren und der frischen Lebhaftigkeit ihrer zwanzig Jahre, nicht bedenkend und auch gar nicht wissend, daß Mann und Frau sich nur dann verbinden sollen, wenn sie beide aus derselben Menschenschicht stammen und dieselben Bräuche und Gewohnheiten haben von Geschlechtern her; denn so schnell es auch geht, daß einer herabsinkt, wenn das Schicksal ihm nicht wohlwill, so schwer ist es für einen und gar für eine ganze Familie, emporzusteigen und in neuen Sitten sich wohlzufühlen und sie für selbstverständlich zu nehmen.
In ihrer niedrigen Geschäftigkeit, die doch meist zu nichts führte, machte Recha sich nun auch hier daran, den Willen ihres Mannes zu hintertreiben. Daß er ihr auf die Dauer nicht widerstehen konnte und meist nachgab, wenn sie drängte und keine Ruhe ließ mit Worten und Zuwiderhandlungen, wußte sie. Sie ahnte aber nicht, daß er mit der Zeit innerlich so zermürbt war, daß er es schließlich nicht mehr ertrug, ihre lauten und heftigen Worte immer wieder anzuhören; und dieser Zustand innerer Erschöpfung war eben um die Zeit eingetreten, da sich der Streit um den Mieter Debele erhob. Und als sie nicht nur tags, sondern auch nachts ihm keine Ruhe ließ, indem sie, neben ihm im Bette liegend, sobald sie erkannte, daß er wach war,

halblaut und wie klagend vor sich hin sagte, aber doch so, daß er es hören mußte:
»Einen Schlemihl habe ich zum Mann, solch einen Schlemihl«, und immer wieder »Schlemihl«, direkt oder hinterhältig zwischen den Worten in irgendeinem Gespräch, so wußte er sich nicht anders zu helfen, als daß er einen Ausweg suchte, nur um der Entscheidung zu entfliehen aus dem Zwiespalt zwischen seinem Verlangen, endlich Ruhe zu haben vor dem immerwährenden Drängen seiner Frau, das ihn zerquält hatte im Laufe der Jahre, und dem für ihn heiligen Versprechen, die Pflicht der Religion zu erfüllen. Nein, das gab es noch nicht damals, daß einer sich scheiden ließ leichten Herzens, wie sie es heute gewohnt sind; nicht einmal der Gedanke daran konnte dem Raphael kommen, der in seiner Frömmigkeit sich durch den Ewigen an seine Frau, mochte sie sein, wie sie wollte, so lange sie lebte, unlösbar gebunden fühlte. Und so suchte er zuerst einen Ausweg. Längst hatte er ihr Vollmacht erteilt, ihn in allen seinen geschäftlichen Sachen rechtsverbindlich zu vertreten und für ihn zu handeln; wie es übrigens »für alle Fälle«, wie sie immer sagten, auch in den anderen besseren Familien üblich war. Nur hatte Recha ihn schon bald nach der Heirat mit unablässigem Drängen und vielen Worten dazu gezwungen, während es für ihn doch selbstverständlich war, ihr eines Tages dieses Zeichen des Vertrauens und der Verbundenheit zu geben. Und während vor allem die anderen Frauen niemals irgendwelchen Gebrauch von dieser in ihre Hände gelegten Befugnis machten, die sie taktvoll nur als einen Brauch unter den besseren

Leuten ansahen, zufrieden und stolz, im Haushalt dem Manne und der Familie zu nützen, so tat sich Recha schon bald etwas zugute darauf, da und dort bei Dingen mitzureden und sich einzumischen in die Geschäfte, die dazumal nur die Männer angingen, tat es, wie auf ein Recht pochend, das ihr doch im Grunde nur der Form nach, ja gleichsam nur sinnbildlich gegeben worden war. So hatte Raphael durch ihre Voreiligkeit schon manche Beschämung erfahren, weil sie sich in alles mischte, womit andere Frauen damals nichts zu tun haben wollten; immer ein böses Wort da oder eine Forderung dort waren Anlaß zu Unruhe und Zank; dazu kam, daß ihr auch die Scheu, vor Gericht zu gehen, völlig fehlte, in ihrem rechthaberischen Wesen, ja in ihrer Sucht, zu streiten. Denn um jene Zeit galt es noch als geradezu erniedrigend bei den Leuten, die etwas auf sich hielten, irgend etwas mit dem Gericht zu schaffen zu haben, sei es auch lediglich freiwillig um bürgerlicher Streitigkeiten willen, die nichts mit Strafe oder derlei zu tun haben; so wie es auch jetzt immerhin noch einzelne gibt, denen es widerstrebt, einen Streit so weit zu treiben, daß er nur noch vom Richter gelöst werden kann. Aber Recha war schon zweimal in Heiligenzell vor Gericht gewesen und jedesmal, weil sie mit ihrem schnellen Mund böse Worte gegen andere gesagt hatte; und dabei hatte gar nichts sie gestört. Ja, sie hätte die Frau eines Spezerei- oder Ellenwarenhändlers werden sollen, der noch unvermögend war und sich heraufarbeiten mußte, wobei sie, im kleinen Laden stehend, um kleine Beträge feilschen und Geld einnehmen konnte, das sie als Selbstzweck ansah und das ihr eine fast sinnliche Befriedigung gewährte. So aber suchte sie durch allerhand kleine Nebenverdienste, von denen ihr Mann meist nichts wußte, ihren Erwerbstrieb zu befriedigen, sei es auch nur um geringen Gewinnes willen, wie etwa, daß sie im Winter Gänse mit Welschkorn stopfte, bis sie krankhaft fett waren und für den Atem allzu große Lebern hatten, die sie dann verkaufte, etwa an den Arzt im Städtchen oder an den Herrn Pfarrer.

Raphael seinerseits hatte, wie wir gesehen haben, in seiner geruhsamen Art und in dem Bewußtsein seiner ererbten wirtschaftlichen Sicherheit, die ihm und seiner Frau gestattete, ohne viel Arbeit die Tage hinzubringen, keinen Sinn für diese immerwährende Hast, wenn er auch dann und wann ein Stück Vieh kaufte, um es mit nicht übermäßigem Gewinn einem befreundeten Bauern von auswärts oder einem Nachbarn, an dessen Felder seine eigenen draußen vor dem Städtchen grenzten, weiterzuliefern, oder im Herbst das Obst seiner Bäume absetzte in Säcken und Weidenkörben, soweit er es nicht für den Winter sich selbst einlagerte, oder auch zu Most gekeltert. Wie gut hatten sie es überhaupt vor manch anderen; niemals mußten sie zum Beispiel Holz kaufen für die Heizung des Winters, denn alle, die, wie Raphael, eingeboren waren, ob Christ oder Jud, hatten als Bürgernutzen alljährlich seit langer Zeit soviel Holz aus den Gemeindewaldungen, die weit um das Städtchen über die Höhen lagen, daß jeder einzelne, wenn er es wollte, davon hätte noch weiterverkaufen können. So gut also waren Raphael und seine Frau gestellt. Wie ja die Menschen jener Zeit und unserer Gegend fast alle in solcher Lage waren, daß sie das Leben gelassen und ohne Zwischenfälle im regelmäßigen Wechsel der Jahreszeiten und Jahre verbringen konnten und alt wurden und gesegnet waren vom Ewigen in ihrer Frömmigkeit, wenn nicht dann und wann niedrige Triebe Herr wurden über den und jenen, wie es eben ist unter den Menschen nach seinem Willen.

So wie die anderen Männer verbrachte vor allem auch Raphael seine Tage mit der genauen Übung der heiligen Gebote und der vorgeschriebenen Bräuche. Er legte die Gebetriemen am frühen Morgen, ging zum Frühgottesdienst in die Schul, wusch die Hände vor jeglicher Speisung, zu keinem Jahrzeitgottesdienst fehlte er und gab den Masser, den Zehnten, als ein selbstverständliches Opfer; die Einteilung wie den Ablauf seines Jahres maß er nur nach den heiligen Festen, die ein Mittelpunkt für ihn waren, gab den Seder mit ergriffener Stimme, war heiter am Schewuaus, dem Erntefest, ging in den Frühdämmermorgen der Trauertage, eingedenk des Sinnes derselben, zur Schul und trug am Sukkaus stolz den Lulav und das Esrog vor sich her über die schlechtgepflasterte Straße des Städtchens. Nie war er selbst mit einer unrechten Tat im Munde der Leute gewesen; wie in seinem Vater und Großvater schon, so sahen sie in ihm eine wahre Zierde der Gemeinde; und ohne daß es ihm selbst recht bewußt gewesen wäre, so fühlte er sich als einen Maßstab für die anderen, ehrsam und seine Herkunft gleichsam im Blute spürend wie ein immer strömendes lebendiges

Wesen, ohne doch je sich zu überheben den anderen gegenüber.
Freilich hatte er Zeiten, wo er sehr bedrückt war; scheinbar grundlos, weil er sich ja, wie alle wußten, in guten Verhältnissen befand. Dann sprach er wohl tagelang mit niemandem, und kaum seiner Frau gab er ein Wort, die dessen aber in ihrer Art fast nicht entbehrte. Es war auch schon lange her, daß der Bruder seiner Mutter in einem Anfall von Schwermut sich das Leben genommen hatte, indem er in den nahen Fluß ihres Heimatdorfes gegangen war, niemand konnte damals einen äußeren Grund dafür erkennen. Mitten im Winter war es gewesen, als die Eisschollen trieben; und der Fall hatte damals in der Gegend weitum besonders von sich reden gemacht. Dem Raphael selbst hatte die Mutter einmal davon erzählt als von etwas, das sie sehr und immer belastete. Sie hatten schweres Blut, was will man machen.
Um jene Zeit aber begannen die wohlhabenderen Leute auch aus den kleinen Städten und den Dörfern schon Krankheiten zu bekommen, weil heitere Kurplätze dafür da waren, und manchmal dahin zu reisen, um sich zu erholen, wie sie meinten, und freilich auch verlockt durch die Aussicht, dort andere Juden von weither zu treffen und sich mit ihnen über das gemeinsame heilige Wesen, über die Geschäfte, nebenbei auch über das Schicksal unseres Volkes im allgemeinen zu unterhalten, stolz darauf, daß die fremden und doch so verwandten Menschen gleich wie sie fühlten und sie als die Ihren erkannten; und wie beglückt waren sie, wenn sie, die einfachen Leute, von einem der

gleichfalls anwesenden Rabbiner aus den großen Städten, oder gar einem alten frommen Rav aus Polen, der Schläfenlocken, Sammethut und Kaftan trug, in ein Gespräch gezogen wurden, von dem sie nachher daheim noch lang erzählen konnten.

So ergab es sich auch, daß gerade in jenem Jahr und um jene Zeit im Frühsommer der alte Avrohom Meyer aus dem Städtchen auf vier Wochen nach Badenweiler zu gehen sich entschloß, wo er schon mehrmals gewesen war, und daß er dieses Vorhaben dem Raphael im gelegentlichen Gespräch mitteilte. Wie eine Schickung von oben erkannte der die Gelegenheit und sagte dem Avrohom unvermutet, ob er sich ihm nicht anschließen dürfe. Dem war es sehr recht, wie er erwiderte, da sich ja, ungeachtet der Aussicht auf gute Gesellschaft, überdem dadurch die Aufmerksamkeit und das Gerede der Kehilla wegen dieser Reise auf zweie verteilte, wie er sogleich erwog.

Müssen wir ausdrücklich sagen, daß es zuerst arge Worte gab seitens der Frau Rechele gegen ihren Mann, als er ihr seinen Plan bekanntgab? Wie könne man so sein Geld hinauswerfen, unnütz und ohne daß es etwas trage; noch dazu, wo man solches Unglück und solche Verluste habe durch einen faulen Mieter im Haus und durch eigene Schuld! Und wie komme überhaupt ein solch junger Mann wie er dazu, auf einen Kurplatz gehen zu wollen. Dabei vergaß sie, daß sie selbst ihm seit Jahren in den Ohren gelegen hatte, einmal mit ihr nach Baden-Baden zu fahren während der Rennen im September, die damals gerade das gesellschaftliche Ereignis Europas geworden waren, zu dem aus allen Ländern, vornehmlich aber aus Frankreich, die feine Welt zu kommen pflegte. Dem Parnes Rothschild seine Frau in ihrem Heimatdorf, hatte Recha gemeint, ihre Schulfreundin, sei schon zweimal dort gewesen. Das fiel ihm ein. Und er versprach ihr schließlich von sich aus, ihr im Herbst dieses Mal die Reise zu gestatten, sie könne ja alleine fahren, Gesellschaft werde sie schon finden; vielleicht gehe die Frau Rothschild gar mit. So gab sie schließlich Ruhe; und die Woche danach fuhr Raphael mit dem Avrohom davon, beide in den schwarzen Gehröcken mit den seidenen Spiegeln und den hohen, runden Hüten, wie sie eben damals in ihren besten Kleidern auf weitere und seltene Reisen zu gehen pflegten.

Es ist wenig zu erzählen von dem, was Raphael in Badenweiler erlebte, weil es unerheblich ist für das, was inzwischen, während er abwesend war, zu Hause geschah. Die beiden wohnten in einem koscheren Gasthof selbstverständlich, in dem überdies die täglichen Gottesdienste für die Frommen abgehalten wurden. Im übrigen gingen sie vormittags wie nachmittags spazieren, saßen auf den Bänken der Kurpromenade, vornehmlich unter einer seltenen Palme, weil sie aus den südlichen Ländern, vielleicht gar aus Erez Israel stammte, wer konnte es wissen, und weil sie derlei noch nie zu sehen bekommen hatten; sie lernten Männer von da und dort kennen, wie wir es schon geschildert haben. Raphael war sehr schweigsam die ganze Zeit.

Als ihn eines Tages Avrohom Meyer wie nebenbei,

und indem er ihm eine Prise bot, danach fragte, wie sich »die Sache mit dem Debele« geregelt habe, erwiderte er:
»Wie wird sie sich geregelt haben? Der wohnt bei mir nach wie vor und wird es auch bleiben; ich wer doch nit einen armen Bocher so vor die Tür setze und mich einer Sünde schuldig mache!«
Avrohom schwieg darauf, obwohl er an Recha und ihre Art dachte und obwohl es ihm auf der Zunge lag, zu fragen, ob die auch damit einverstanden sei... Die Tage vergingen und die Wochen, und die beiden Männer schickten sich an, heimzukehren. Raphael hatte von seiner Frau einige Briefe erhalten, die freilich nur wenig tatsächliche Berichte brachten; und einmal war ihm, als ob sie etwas verheimlichten. Aber er ließ sich durch den übrigen Inhalt täuschen; der sprach in recht allgemeinen Worten, wie sie damals unter Eheleuten wie den beiden üblich waren, Gutes zu ihm, ja da und dort spürte er wärmend ein Gefühl, und einmal gar schrieb sie von Sehnsucht und Liebe. Und dieses war nicht einmal gelogen von der Recha, denn in der Tat liebte sie ihren Mann seit je, obwohl ihre anderen, niedrigeren Triebe oft zwischen ihnen beiden standen. Es muß gesagt werden, daß Raphael selbst ihr nur wenig Nachricht und nur kurze Zeilen geschickt hatte, weil er sich scheute, Unwahres zu sagen, und andererseits seine Bedrückung, die er von Hause mitgenommen hatte, nicht zeigen wollte. –
Indessen war Recha nicht müßig gewesen. Sie konnte es nicht in sich verwinden, daß sie Debele nun in alle Zukunft, wie sie meinte, umsonst be-

herbergen müsse. Nachts lag sie wach darüber, und tags ging es ihr bei aller Geschäftigkeit nicht aus dem Kopf, und dies um so mehr, als sie niemanden hatte, an dem sie ihren Zorn auslassen konnte, seit Raphael verreist war; sie konnte nicht zur Ruhe kommen. Mit dem Mieter, dem Bettler und Tunichtgut, wie sie ihn, halblaut mit sich sprechend, jetzt immer nannte, sprach sie kein Wort mehr, übersah ihn scheinbar. Und obwohl der sich dabei nicht behaglich fühlte, weil er Unheil ahnte, so kümmerte er sich darum nicht, da er wenigstens Ruhe hatte und keine demütigenden Worte hören mußte. Aber noch nicht zwei Wochen waren vergangen, als sie zu einem Entschluß gekommen war.

Zur Fuß wanderte sie eines Morgens nach der benachbarten Stadt, die nur wenig größer war als ihr kleines Landstädtchen und darum das Amtsgericht hatte. Dort ging sie zum Gerichtsschreiber und gab dem zu Protokoll eine Klage auf Räumung gegen David Levy binnen vierundzwanzig Stunden wegen Nichtzahlung des Mietzinses und unterschrieb mit ihren kurzen stumpfen Fingern, wie die Geldsüchtigen sie haben.

Damals gab es noch nicht die Bestimmungen des Gesetzes wie heute, die den armen Mieter schützen, weil alle teilhaben sollen an Grund und Boden, und so ging das sehr schnell, was Recha erstrebte. Zwar erschien Debele an dem Tag, auf den er geladen war, vor dem Richter und versuchte darzulegen, daß man ihm ja gestundet habe, daß der Ehemann Raphael Baer ihm erklärt habe, er könne wohnen bleiben, auch wenn die Miete rückständig sei, und daß der, schon weil er ein frommer Jude sei, nicht zustimmen werde dem, was seine Frau hier unternommen habe, während er selbst verreist war; ja, dieses legte er dar. Allein, da er nicht imstande war, seine Behauptungen zu beweisen, weil er unerfahren war im weltlichen Gesetz und auch ungewandt im Sprechen, und andererseits Recha die Urkunde vorwies, aus der sich ergab, daß ihr Mann ihr die allgemeine Sachwaltung und Vollmacht über sein Vermögen gegeben hatte, so wurde Debele sogleich verurteilt, wie die Klage der unguten, gierigen und rechthaberischen Frau es verlangte. Diese Verhandlung war aber nicht ohne Zeugen aus der Gemeinde gewesen; Michel Bloch aus ihrer Kehilla stand wartend im Hintergrund des Saales unter den anderen Leuten; er war um eine Viehmängelsache hier, die er zu verhandeln hatte.

Schon vor Beginn der Tagesordnung fragte er Frau Recha, weshalb sie da sei; sie nannte ihm widerwillig den Grund. Und als er, wenn auch nicht sehr eindringlich, ihr zuzureden versuchte, wenigstens zu warten, bis Raphael zurückgekehrt sei, erwiderte sie:

»Kümmert Ihr Euch um Eure eigene Sach'!« Da hatte er es.

Als Recha, auf dem Kopf das etwas schiefsitzende, mit schwarzen Perlen besetzte Kapotthütchen, aus dem eine Haarsträhne herabhing, das Gerichtsgebäude verlassen hatte, währte ihre Genugtuung jedoch nicht lange. Nun, da der arme, jetzt heimlose David vor der klaren Tatsache stand und nichts mehr zu verlieren hatte, auch die Scheu von ihm gewichen war, die vor dem Richter ihm das rechte Wort genommen hatte, brach es aus ihm; er ging der Frau Raphaels nach und sagte neben ihr: »E mise meschune sollen Ihr nehme, Ihr un Eure ganz Mischpoche!« So fluchte er ihr und ihrer schlimmen Tat, die den heiligen Vorschriften widersprach.

Aber dieses fuhr ihr nun doch in die Glieder, da sie wußte, was es bedeutet, wenn jemand es gegen einen ausspricht: das Herabwünschen allen Unglücks auf den anderen. Und nun fühlte sie sich doch nicht zufrieden im Innersten, wie schlechtes Gewissen war es in ihr; und plötzlich sehnte sie den Mann zurück, und es war ihr auch bange um ihn. Denn wiewohl sie triebhaft wenig anders denken konnte als Besitz und äußere Dinge, so wußte sie doch um die Gebote der heiligen Gesetze von Jugend auf, daß man den Armen nicht bedrücken darf, ja, daß man ihm immer helfen muß, und sie wußte, daß ihr Mann, der Raphael, es sehr ernst um diese Pflichten nahm, wie die meisten in der Gemeinde. Ja, nun vermißte sie ihn, da sie sich mit dem, was geschehen war, allein fühlte, es allein tragen mußte, nun da sie ihren Willen nach dem starren weltlichen Gesetz durchgeführt sah; und auch weil es noch nie geschehen war, daß sie so lange voneinander getrennt gewesen waren. Alles war vergessen, was sie an ihm in den letzten Wochen, ehe er abgereist war, gereizt hatte, ja, vergessen waren all die Streitigkeiten der letzten Jahre, aus nichtigen Ursachen entstanden und – sie fühlte es – meistens durch sie verursacht. Das sollte anders werden, wenn jetzt dieser Fremde aus dem

Hause war; obwohl sie auch daran dachte, daß sie damit auf den Mietbetrag verzichten müsse, weil es kaum möglich war, einen anderen Mieter zu finden in dem kleinen Städtchen. Denn der Gedanke kam ihr nicht, alles ungeschehen zu machen und den Hauptgrund der Zwistigkeiten der letzten Zeit auszuräumen dadurch, daß sie nachgab und dem Debele einfach mitteilte, er solle wohnen bleiben wie bisher, ob er die Miete bezahlen könne oder nicht. Sie hatte ihr Recht, und gar das Gericht hatte es ihr zugesprochen, und so mußte es durchgesetzt werden. Doch freute sie sich nun auf die Rückkehr Raphaels; und sie schrieb ihm einen jener Briefe, von denen wir oben gesprochen haben, der zärtliche Worte enthielt, aber verschwieg, was vorgegangen war.

Diese Worte überraschten ihn und weckten in ihm selbst das Verlangen heimzukehren; weil wir leicht geneigt sind, das Böse zu vergessen, und immer auf das Gute in den Menschen hoffen. Den Brief hatte er, auf einer Bank im Kurpark unter dem hellgrauen Sonnenschirm, den damals auch die Männer trugen, sitzend, gelesen und war dabei gar ins Lächeln gekommen, so daß der Avrohom Meyer fragen mußte, was er so Gutes enthalte. Raphael erwiderte: »Nichts Besonderes. Was reist mer herum, wenn mer e Frau daheim hat!«

Recha ihrerseits bereitete sich vor, den Heimkehrenden recht zu empfangen, so wie es üblich war, da sie selten auf längere Zeit und weiter als in den nahen Umkreis und als es geschäftlich nötig war, verreisten. Sie ließ, so wie sie es bei anderen gesehen hatte, in der Woche vor seiner Rückkehr die

Vorhänge abnehmen in Wohn- und Schlafzimmer, ließ waschen und neben dem Haus in dem Grasgarten auf dem Rasen bleichen, eine ungewöhnliche Sache um diese Jahreszeit; das tat man sonst nur auf Pessach und Neujahr; und die anderen Frauen der Kehilla wunderten sich und sprachen darüber. Fanny Rothschild zum Beispiel, die immer ein wenig zu offen, ja manche meinten, selbst bösartig war, sagte zur Frau des Elias Gump, die Recha täte gescheiter, sie nähme sich vor, die ewigen Zänkereien zu lassen und das Gekeife, wenn ihr Mann zurück sei, als solchen Aufwand zu machen zur Unzeit, der doch nicht ihm gelte, sondern nur deshalb gezeigt werde, damit die anderen sähen, welch sorgliche und tüchtige Hausfrau sie sei, und da wisse man ja Bescheid. Doch hatte die damit keineswegs völlig recht dieses Mal. Recha kochte und backte; das heißt, sie ließ das Dienstmädchen Jachet es machen, weil sie das nie recht gelernt und auch keine Schicklichkeit dazu hatte, wenngleich sie den anderen Frauen gegenüber groß sprach von der Arbeit, die sie habe. Doch holte sie selbst eine Räucherzunge beim Metzger Guggenheim, weil Raphael die sehr liebte; es war trotzdem eine seltene Speise bei ihnen im Haus, denn Recha berechnete immer, daß man gewöhnliches Fleisch viel billiger haben könne. Die Jachet hatte die Kenntnis der Zubereitung und Art mancher Speisen und vor allem des Backwerks von Raphaels Mutter, bei der sie zuvor gedient und von der Recha sie übernommen hatte. Sie war unentbehrlich und gehörte notwendig zum Haus.

Jachet hatte schon mit Debele gesprochen, der ihr

geklagt hatte, was geschehen war; und sie hatte ihn zu trösten versucht mit der Rückkehr des Hausherrn. Aber der arme Mieter wollte nicht mehr; nun sei es genug, meinte er, und er habe auch seine Koved, seine Ehre; es werde sich schon rächen, daß die Recha, die »auch nirgendwo herstamme«, sich so hart und herzlos und so geldgierig gegen einen Bar Jisroel und noch dazu einen aus der eigenen Kehilla benehme.

Indessen kam der Tag der Ankunft Raphaels herbei. Alles war vorbereitet, und die Wohnung roch frisch nach Putz und Farbe. Die Fußböden waren frisch lackiert, die gewaschenen Vorhänge hingen steif vor den Fenstern; nein, frische Blumen standen nicht auf dem Tisch oder der Kommode; und damals stellte man auch noch nicht zwischen die pompösen Möbel dürre Palmwedel, die nie erneuert wurden und immer voll Staub waren. Auf einen Kuchen war Recha besonders stolz; sie hatte die Zubereitungsart von Bela, der Frau des Menke Guggenheim, erfahren, eine Haselnußtorte mit Zuckeraufguß. Jeder Frau aus der Nachbarschaft erzählte sie davon, und was für Arbeit das ihr mache, wobei sie vergaß, daß nicht sie die Mühe damit hatte; doch glaubte sie selbst daran.

Als an einem Hochsommernachmittag der kurze, nur aus wenigen Wagen bestehende Zug vor dem kleinen Häuschen der Bahnhaltestelle, in dessen Garten hochstengelige Sonnenblumen ihre großen Dolden neigten, nach heftigem Pfeifen schon von weitem, hielt und Raphael mit dem Avrohom Meyer als die einzigen Fahrgäste aus dem Städtchen die hohen Stufen des Wagens herabstieg, stand da Recha und erwartete ihren Mann. Sie war barhaupt, das heißt, außer ihrem frommen Scheitel trug sie nichts auf dem Kopf; und sie hatte ihr Schabboskleid aus schwarzem Taffet angelegt, vor das sie, weil es doch nicht Schabbos war, eine grauseidene Spitzenschürze nicht ungefällig gebunden hatte. Auf das Kleid unterm Hals war die längliche Brosche aus graugrünen opalisierenden Steinen, die sie Katzenaugen nannten, geheftet.

Raphael sah seine Frau, ging auf sie zu und küßte sie auf jede Wange; dabei sagte er lächelnd:

»Grüß Gott, Rechele!«

»Gut siehst du aus«, bemerkte sie, als sie neben ihm heimging, indem sie ihn von der Seite anschaute, ohne aber seinen Augen zu begegnen; sein Gesicht war leicht gebräunt von den vielen Sonnenstunden, die er auf den Bänken des Kurgartens gesessen hatte, trotz des grauen Sonnenschirms, der ihm jetzt mit gebogenem Griff am Arme hing, indes die andere Hand die bestickte Handtasche trug, die er noch vom Vater her hatte. Und da wir uns gerne durch die leichtere Gegenwart und ihren heiteren Schleier Vergangenes verhüllen und die Zukunft leicht erscheinen lassen, so war ihm auf diesem Weg an den vertrauten Häusern entlang heiter zumut; er freute sich, daß seine Frau ihn abgeholt hatte, und als er sich von Avrohom Meyer verabschiedet hatte, der allein geblieben und von seiner Frau daheim erwartet wurde, rief er ihm noch nach: »Grüß die Frau! Doch schön, wieder daheim zu sein, gelt?«

Recha ihrerseits ging neben ihm, um sich schauend, ob man sie auch sehe.

Die Straße war mit Resten von dürrem Heu überstreut; viele Einwohner des Städtchens hatten Wiesen und Äcker und Vieh, und es war die Zeit des ersten Grasschnittes, der eben, von der Sonne gut gedörrt und ein wenig brandig riechend, eingefahren wurde in diesen Tagen. Da und dort rief dem Heimgekehrten einer aus Haus und Scheune, Tür oder Fenster den Willkommensgruß zu.

Sie traten ins Haus. Über der zweiten Tür innen, ehe man die Treppe emporstieg, hatte Recha ein weißes Papierschild anbringen lassen, auf dem mit rot gedruckten Buchstaben stand: »Herzlich Willkommen« in einem grünen Kranz von Eichenlaub. Kühl war es zwischen den starken alten Mauern und roch wie seit je ein wenig nach Schimmel, wovon man die Ursache jedoch nie erkannte; vertraut umfing den Heimkehrenden alles mit den von Jugend auf gewohnten Dingen. Und da sie die ausgetretene Holztreppe emporstiegen, hörte er aus dem Hof, durch den man den Stall erreichte und die Tiere fütterte, das Schnauben der beiden Kühe, die er um der Milch willen hielt; und, wie um ihn zu begrüßen, ließ die eine breit und gutmütig einmal ihr Muh ertönen.

»Sind die Küh' in Ordnung?« fragte er ohne besondere Absicht.

»Sie werden es nicht sein!« gab Recha ungeduldig und empfindlich zur Antwort, so daß er, wie erinnert, im Emporsteigen auf sie zurückschaute. Ach, da war es ja, da war es wieder, wovor ihm gebangt hatte. Doch schwand diese Bangnis sogleich. Oben stand Jachet, die Hände eben an der Schürze abwischend, da sie aus der Küche kam.

»Grieß Gott«, sagte sie und war ein wenig befangen, »habt Ihr Euch gut erholt?«
Auf seine bejahende Antwort verschwand sie schnell wieder in die Küche, die nach rückwärts lag, unter der Tür zurückrufend: »Ich hab noch zu tun!«, so, als ob sie nicht weiter gefragt werden wolle.
Raphael hob, bevor er das Wohnzimmer betrat, die rechte Hand an den Türpfosten und ließ die Finger eine lange Weile auf der Mesuso, der kleinen Kapsel mit dem Glaubensbekenntnis, liegen, indem er leis das Gebet sagte.
Langsam ging er dann durch das Wohnzimmer und rieb hörbar die flachen Hände aneinander. Da stand das Sofa mit den gehäkelten weißen Deckchen; darüber an der Wand hingen die Bilder, Daguerreotypien der Großeltern und der Eltern; beide noch in den altmodischen Kleidern und der Haartracht von einst, Frauen mit den schmetterlinghaften weißen Häubchen, die sie an den Feiertagen zu tragen pflegten.
Wie niedrig und eng die Decke war, verglichen mit dem Zimmer des Gasthofes, das er nun wochenlang still bewohnt hatte!
Er sagte: »Müh' hast dir gegeben; wie am Pessach is alles frisch. Dank auch! Sollst auch was dafür habe!«
Dabei griff er zur Reisetasche am Boden, löste bedächtig den Riemen, entnahm ihr einen von Seidenpapier umhüllten Gegenstand und reichte ihn ihr zu. Sie schaute erwartungsvoll. Es war eine viereckige, ziemlich hohe Schatulle, mit Muscheln und Perlmutter bekleidet, daran eine blauseidene

Schnur mit Schlüsselchen hing. Die Mitte des Deckels zeigte ein gemaltes Bild, eingelassen zwischen den Muscheln, das den Römerbrunnen des Kurplatzes in starken Farben darstellte, einen Pavillon von Bäumen umgeben. Recha lächelte ein wenig gezwungen und sagte: »Was soll ich damit?«

»No, auf die Kommod' sollst es stellen! Gefallt's dir nit? Das is jetzt Mod' in feinen Häusern.«

Aber sie dachte, das sei nichts für sie, für sich selbst könne sie nichts damit anfangen; und sprach zunächst kein Wort, zog nur die Oberlippe empor. Doch schloß sie den Deckel mit dem kleinen Schlüsselchen auf. Da lag etwas, in Papier eingeschlagen, und als sie dieses auseinanderschlug, waren es zwei Fünfguldenstücke, schön silbern glänzend. Da ging sie auf Raphael zu, laut lachend, und küßte ihn mehrmals.

Dann lief sie geschäftig umher. Vielleicht würde er das bis jetzt Verheimlichte doch nicht so schwer nehmen, wie sie es all die Tage befürchtet hatte; und von dem schlimmen Wort Debeles, des Ausgetriebenen, das sie nicht vergessen konnte und das ihr erst recht gezeigt hatte, was sie getan hatte, würde er nie erfahren.

Als sie bei Tische saßen und er behaglich ein Stück Gugelhupf in die Tasse tunkte, das sie ihm auf den goldornamentierten Teller mit dem durchbrochenen Rand gelegt hatte, fragte sie ihn:

»Nun, was habt ihr alles erlebt?«

»Es ist schon gut, wenn mer ein wenig hinauskommt und mit den anderen zusammensein kann; man erfährt doch, was in Kol Jisroel vor sich geht.

Fast jeden Tag hat der Rabbiner Salman mit mir gesproche, ein großer Mann unter uns. Er hat sich mit uns abgegebe, wie wenn mer auch Rabbonim wären; ein frommer Mann, wir wisse gar nit, was uns fehlt und meine doch, mir seie die Beste...«

»Nun, mer kann auch zuviel tun«, meinte Recha. Sie war froh, daß er nicht fragte, wie es ihr ergangen sei. Als sie so doch inzwischen ruhig gespeist hatten, es war indessen Abend geworden, stand er auf und sagte: »Ich will ein wenig 'nunter geh un die Leut' Grüß Gott sage.«

Hemdärmelig und die schwarzsamtene Zerevis-Mütze auf dem Kopf ging er auf die Straße. Die Nachbarn standen unter der Tür in ihren stramingestickten Hausschuhen und riefen ihm zu. Lange stand er beim Küfer Bächle, der von Kind auf sein Vertrauter war und mit dem er alles zu besprechen pflegte, was vor sich ging.

»No«, meinte der, nachdem sie sich begrüßt hatten, »die Recha wird froh si, daß d'wieder do bisch!« Das war nicht einmal doppeldeutig von ihm gedacht.

Und Michel Bloch kam herbei; der gab dem Raphael die Hand und schaute an ihm vorbei; auch der und jener von den anderen, wer gerade um den Weg war, gab ihm den Willkomm. Aber ihm schien plötzlich, als ob sie ein wenig schweigsam seien, schweigsamer als sonst, obwohl er doch so lang nicht mit ihnen gesprochen hatte.

Zum Abendessen erst kam er wieder hinauf, und es war ihm behaglich zumut, wie es eben ist, wenn wir unterm eigenen Dach der gewohnten und treuen Umgebung uns hingeben können nach langer

Abwesenheit. Und Recha wartete auf ihn; und sie lebten eine Nacht wieder wie einst, da sie miteinander begonnen hatten.

Am Morgen erhob sich Raphael früh, wusch sich und legte Tefillin; danach saßen sie vor den hohen Kaffeetassen, aßen das gute weiße Brot mit dem nach Tannen duftenden Honig. Denn noch hatte er nicht gefragt, wie es mit dem Debele stehe, weil er Ruhe haben wollte in diesen ersten Stunden, da er wieder daheim war, bang ahnend schon, daß hieraus wieder Niedriges über ihn kommen werde. So kam dann seine Frage:

»Wie steht's mit dem Schlemihl, dem Debele?«

Und sie erwiderte: »Fort is er, seit einer Woch', zu seine Verwandte in Kuppenheim, zum Muttersbruder, seinem Gevatter. Die haben ihm geschrieben. Froh könne mer sein, daß mer en los sin, den Tropf.« Dabei schaute sie auf ihre Tasse, indem sie mit dem Löffelchen darin herumrührte, obwohl sie nie Zucker nahm, also keinen zu verrühren hatte.

Ja, Debele war vor einer Reihe von Tagen, ohne daß er zuvor davon gesprochen hatte, plötzlich mit der länglich viereckigen, braungestrichenen, durch einen Schieber verschließbaren Holzkiste, die seine spärlichen Sachen enthielt, dagestanden und hatte gesagt: »Das wird sich Euch nit lohne!« Kein anderes Wort, nicht einmal des Abschieds, und war gegangen. Wohin er ging, hatte er ihr nicht offenbart, sondern war sogleich mit finsterer Miene und gekniffenen Lippen die Treppe hinabgegangen.

»Chuzzpe habe Sie auch noch, Sie, Sie...« Das rechte Wort wollte ihr nicht einfallen.

Und zwei Tage später hatte ihr die Näherin und

Hebamme Lisabeth, der sie beim Bäcker Scholl begegnet war, in einem Tone, aus dem sie deutlich fühlte, daß er vorwurfsvoll sein sollte und Mitleid mit dem Debele enthielt, erzählt, wohin er gefahren sei; der Elias Gump habe ihm das Geld dazu geliehen. So also war es...

Sie schaute über den Tisch auf Raphaels Berlocke, die an einer besonderen Kette von seiner geflochtenen goldenen Uhrkette herabhing, ein roter, länglichrunder Stein; die hatte ihn ihr immer ein wenig fremd gemacht, seit er sie, vom Vater ererbt, trug; das sei zu vornehm für hier, und wie könne jemand solche Geivo haben, so eitel sein. Dabei gefiel es ihr doch selbst, wenn sie ihn mit den anderen Männern verglich. Raphael erhob sich, mißtrauisch auf seine Frau blickend, denn ihm ahnte nun, daß etwas geschehen war, was er nicht billigen konnte. Die Verwandten Debeles in Kuppenheim hatten sich ja auch früher nicht um ihren armen Vetter gekümmert, trotzdem man ihnen schon einmal von der Chevra aus geschrieben hatte; offenbar ging denen das Gefühl für die Pflichten ihrer Mischpoche gegenüber, wie unsere alten Vorschriften sie fordern, ab, so hatten sie damals in der Kehilla über den Fall mißbilligend gesprochen. Raphael fragte nun:

»Was ist also? Das fängt wieder schön an; denn freiwillig wird der arm Bocher nit fortgegangen sein? Du wirst hoffentlich nit vergesse habe, daß ich versproche hab, ihn im Haus zu behalte!«

Sie aber, nicht daran denkend, daß er noch gar nicht wußte, wie die Dinge lagen, schrie sogleich laut nach ihrer gewohnten Art: »Jetzt hab ich dafür gesorgt, daß mer das Zimmer wieder verwerte könne, hab ihm fürs Geschäft gesorgt, wie kei andere Frau es kann, und krieg noch Vorwürf. Nichts nützt's, daß mer ihm alles schön herricht'! Nie hat mer en Dank!«

»Was ist passiert? Was hat er getan?«

»Was er getan hat? Was er nit getan hat, muß mer frage! Nit bezahlt hat er, un ich hab's satt gehabt!«

Und so begann es zwischen diesen beiden Menschen hinabzustürzen. Weil sie doch innen gebunden waren aneinander und sich nicht zu lösen vermochten trotz dem Widerstreit ihres Wesens, so mußte es über sie kommen, daß sie nicht mehr zurechtfanden. Recha in ihrer jähen Unbeherrschtheit und weil sie Widerspruch nicht ertragen konnte, sagte dazu weiter: »Sei froh, daß er aus dem Haus is! Geflucht hat er uns, anstatt daß er uns dankbar ist, weil mer ihn so lang behalten habe. Und wer zahlt jetzt die Miet, die er uns noch schuldig is? Geh doch zu dene, wo du's versproche hast, daß d' en ewig behalte willst!«

Aber da kam über ihn jäh wieder alles, was er erlebt hatte in den Jahren. Schweigend nahm er seinen Hut und ging aus dem Zimmer, wie müde die Treppe hinab; und sie hörte seine Schritte über die Stufen und hörte sie noch draußen auf der gepflasterten Gasse. Als seien sie müde, ja, so kam es ihr vor, und miteins fühlte sie es wie Mitleid um ihn.

Es war noch früh am Tag. Er ging zu Michel Bloch; der war eben beim Tefillin-Legen. Er machte ein freundliches Gesicht, nickte ihm zu und deutete auf seinen mit den geweihten Riemen umwickelten Arm; Raphael wußte, daß er warten solle. Inzwischen war Frau Bloch eingetreten; sie stammte aus Hessen, weit her, hieß Natalie und war im Ort immer ein wenig fremd geblieben; niemand sprach sie je mit Ihr an, alle sagten nur »Sie«, wenn sie mit ihr redeten; sie war auch »neu« und trug schon keinen Scheitel mehr.

»Nehme Sie Platz«, lud sie ihn ein, »und erzähle Sie aus der große Welt!«

Sie selbst setzte sich und hielt die Hände vor den Leib übereinander; und ohne seine Antwort abzuwarten, fuhr sie fort:

»Der Recha werden Sie gewiß was Schönes mitgebracht haben?« Und nun fiel ihm ein, wie er dazugekommen war, das Geschenk für seine Frau zu kaufen. Sie hatten beide, er und der Avrohom Meyer, oft beraten, was sie den Frauen aus der Stadt mitbringen sollten. Aber während der Ältere einen ansehnlichen weißseidenen Schal mit langen Fransen erstanden hatte und seine Frau, wie er gesagt hatte, schon vor sich sah, dahinschreitend und den Rücken bis hinab ganz umhüllt, mit ihm an Jaum Kippur, am Versöhnungstag, Schulen gehend, so hatte Raphael, als er nicht schnell etwas gefunden hatte, beschlossen, der Recha ein Geschenk in Geld zu machen, zehn Gulden wollte er ihr geben, weil er wußte, daß sie daran am meisten Freude haben werde; und dazu hatte er die Schatulle gekauft, um sie zu überraschen. Das erzählte er nun der Frau Bloch; doch das mit dem Geld verschwieg er, berichtete nur, wie er noch beim letzten Spaziergang auf der Kurpromenade in einem Schaufenster eine Schatulle gesehen und gekauft habe »für auf die

Kommode«. Er schilderte sie genau. Und Frau Bloch meinte: »Ach, so wie ich mir eine schon lang gewünscht habe für mein Pfeilerschränkchen!«
Sie war auch froh, daß sie mit Raphael nicht über das sprechen mußte, worüber sie alle die Wochen her sich aufgehalten hatten. Indem aber kam ihr Mann aus dem Zimmer nebenan und sagte: »Nun, wieder gut eingewöhnt?«
Raphael aber antwortete hierauf nicht, sondern voll von seinem Anliegen und seiner Sorge, fragte er sogleich:
»Wißt Ihr etwas vom Debele?«
»Fort is er halt, und ich kann ihm's nit verdenke.«
Und dann erzählte er dem Fragenden, was er damals vor Gericht mit angehört hatte, als er zufällig seiner Frau dort begegnet war im Termin, und dabei verfehlte er nicht, zu bemerken, daß der Herr Amtsrichter mit seinen Gefühlen offenbar auf seiten »des armen Bochers« gewesen sei, was man aus seinen Worten und vor allem aus seinen Mienen habe schließen können, obwohl er am Ende nach dem Gesetz habe urteilen müssen; er, Michel, habe sich geschämt für die ganze Kehilla, das müsse er offen sagen, so leid es ihm tue. Aber daß es ihn damals nur ein Wort gekostet hätte und freilich auch ein Geldopfer, um selbst dem Debele zu helfen, davon sprach er nicht.
Raphael schwieg erst, dann fragte er, ob man den Weggezogenen denn nicht zurückholen könne.
Das werde schwer gehen, meinte der andere; man wisse ja nicht einmal sicher, ob er bei seinen Verwandten in Kuppenheim eingetroffen sei, bis jetzt wenigstens sei keine Nachricht von ihm gekom-

men. So erhob sich Raphael und sagte Dank und gab der Frau Natalie die Hand, ohne ein weiteres Wort dazu zu sprechen. Er schritt durch die Tür und den langen Flur; nur lautlos bewegten sich seine Lippen, da er mehrmals das Wort Schlamassel vor sich hin sagte. Auf der Straße ging er wie taub, dumpf überfiel es ihn. Welche Schande, daß man ihm das nachsagen konnte; sein Wort hatte er gebrochen und hatte das Gesetz verletzt durch seine Frau, indem sie dem Armen Böses zugefügt hatte. Denn er mußte für sie einstehen. Sie alle würden darüber reden und es nie vergessen. Wie konnte er es vor dem guten Namen der Familie verantworten.

Und dieses war es nicht allein; Mitleid vor allem war in ihm mit dem verlassenen und hilfsbedürftigen Debele. Er sah ihn auf den Straßen wandern, sah ihn zwischen üblem Volk in den Herbergen schlafen oder gar im Freien ohne Dach und in den Nächten frierend und beim Gottesdienst in den fremden Schulen armselig in den hintersten Bänken stehn.

Wie hatte Recha dies tun können zu all dem Früheren hin. Immer wieder hatte er gehofft, sie werde sich ändern, nicht bedenkend, daß wir unseres Wesens Kern, so wie er uns von Geburt an mitgegeben wurde, nie wandeln können, mag unser Weg auch da- und dorthin führen an guten oder schlechten Vorbildern vorbei. Immer wieder hatte sie darum Dinge getan, die ihm fremd waren und ihn von ihr entfernten, sosehr er unbewußt in sich die Verbundenheit aus dem Gefühl bejahte, das ihn einstens überhaupt zu ihr geführt hatte, und sosehr er auch die unausweichliche Pflicht des heiligen Gesetzes in sich anerkannte, auszuharren. Langsam schritt er nach Hause, blieb aber, angelangt, unter dem steinernen alten Türbogen stehen. Wie abwesend erwiderte er die Grüße der vorbeigehenden Leute, die er alle so wohl kannte, wie sie ihn als den Ihren ansahen, ob Jud oder Christ. Keiner von ihnen ahnte, was hinter seinem Äußeren sich barg: die Hoffnungslosigkeit, je wieder einmal ohne Verletzung seines besten Wesens so leben zu können, wie es in ihm war von Anfang an, weil seine Frau nicht zu widerstehen vermochte dem Trieb, der stärker war als alles, was sonst ihrem Leben Ziel sein konnte, sosehr sie ihm, wie er doch fühlte, verbunden war. Nein, er würde jetzt nicht zu ihr hinaufgehen; mochte sie spüren, wie sehr sie ihn wieder verletzt hatte, den Umstand ausnützend, daß er fern war und ihr vertraut hatte; er fühlte sich getäuscht durch ihre Handlung wie nie zuvor durch eine andere, die besonders deutlich zeigte, wie wenig sie im Grunde diesem Niedrigen in ihr widerstehen konnte und die Sehnsucht nach Lauterkeit in ihm mißachtete, ja, gewiß nicht einmal begriff und so mißachten mußte.

Er beschloß, zur Frau Seligmann zu gehn, die ihm wie einem Sohn zugetan war und der er sich sehr oft schon anvertraut hatte; stets hörte sie ihn geduldig an, wenn ihn etwas bedrückte, und verstand ihn. Über achtzig Jahre war sie alt, war die beste Freundin seiner Mutter gewesen und hatte viel gelitten in ihrem langen Leben. Jahrzehnte her war es, seit ihr Mann tot war; von neun Kindern waren ihr sieben gestorben, ein Sohn war in Amerika

verschollen, und nur eine Tochter lebte, auswärts in einem der Dörfer verheiratet, nicht in den besten Verhältnissen. So war sie einsam, und nie war sie selbst aus dem Städtchen fortgekommen. Ohnedies mußte er sie begrüßen, jetzt nach seiner Reise. Beruhigend wirkte es schon immer, neben ihr zu sitzen; denn sie hatte den großen Gleichmut starker Menschen, die gelitten haben, ja, fast heiter war sie trotz allem. So hörte sie Raphael auch heute wieder an, als er ihr erzählte, was ihm wiederum durch seine Frau begegnet war, obwohl sie durch die anderen schon darum gewußt hatte, und schwieg danach eine Zeit. Sie saß vor ihm, dicke Wolle strickend, eine breite Strähne schneeweißen Haares hing unterm schwarzen Scheitel hervor über ihre Stirn, und sie schaute ihn über ihre stahlgefaßte Brille hinweg an.
»Was kann es nützen, Raphel« – so nannte sie ihn von klein auf – »dir etwas zu raten. Laß es sein, wie alles andere, was sie früher getan hat.«
»Es geht nit mehr; einmal kann man nit mehr. Und das jetzt ist das Ärgste. Wie steh' ich denn da vor allen?«
Die alte Frau sagte: »Eine Sorg habe, das is nit schlimm; aber Kummer, der innen sitzt und von dem man niemandem sagen kann, der nimmt einem die Freud zu leben; 's gibt wohl Ärgeres als das, was du tragen mußt...«
»Ein Kummer, ein Kummer? Es is wie eine Krankheit, die mer nit überstehe kann, so is es...«
»Man darf sich nit versündige, Raphel, und zu viel verlange von Gott, dem Allmächtigen. Bisch du nit en angesehene Mann? Hat dir auch einmal ebbis

g'fehlt im Lebe? Un hasch dir nit ebe jetzt e Reis leischte könne zum Vergnüge, wie wenig andere aus der K'hille es sich erlaube könne? Manch einer hat e böse Frau un isch doch z'friede, weil er weiß, daß mir alle Mensche sin. Un die Recha hat auch ihr Gutes; halt sie dir nit dei Sach z'samme wie keine?«

Raphael erhob sich: »Wenn sie nur bös un streitsüchtig wär', wollt' ich's ertrage. Aber sie hat kei G'fühl für Ehr un Nam und weiß nit, daß es außer Geld noch anderes gibt, was wichtiger isch...«

Er stand eine Weile schweigend, den Kopf geneigt. Und so, als ob ihr nun das erlösende Mittel eingefallen wäre, verließ sie gleichfalls ihren Stuhl, ging auf den Bedrückten zu und legte ihm mütterlich die alte Hand auf den Arm, indem sie sagte:

»Komm, setz dich, du mußt was zu dir nehme; wie lang mußt du nichts gegesse habe!«

Er lächelte, streichelte der kleinen Frau vor ihm über die Haare und sagte:

»Ihr könnt mir auch nit helfe, Dank Euch, Dank! Wie soll ich mich davon reinige, was sie jetzt gegen mein Wort getan un wie sie's Wohltun vergessen hat? Was were die Väter dazu sage, von die Leut in der K'hille nit zu rede! 's is nit zu heile! Das übersteh' ich nit!«

Er ging schnell hinaus. Sie rief ihm nach:

»Dorum brauchst nicht brauges, brauchts nit bös sein, Raphele; komm bald wieder!«

Nein, sie verstand ihn nicht ganz, wußte nicht recht, worauf es ihm ankam und was ihn besonders verletzte. Ihm aber war, als er sich schließlich auf dem Heimweg fand, plötzlich, als könne er nicht mehr zurück, als gehe ihn dieses Wesen, das unsichtbar gleichsam neben seiner Frau immer im Hause umging, nichts mehr an, ja, als sei er ohne Heim. Doch zwang er sich und ging auf Umwegen nach Hause; erst am Rande der Stadtmauer, wo Kühe vor den Ställen standen und Heu und Mist umherlag, dann durch die gewölbartige Unterführung zwischen den beiden Nachbarhäusern, die immer dunkel war; da blieb er noch einmal stehen, bis er sich schlüssig geworden war. Ja, er wollte ruhig sein und versuchen, zu überwinden, ein andermal zu überwinden, was so unüberwindbar sich erhob und zwischen ihm und seiner Frau unsichtbar, ja unnennbar stand und ihn machtlos sein ließ vor der Zukunft.

Schon war es gegen Mittag. Zuerst hatte Recha ungeduldig gewartet, dann aber war ihr bange geworden, da doch Bewußtsein ihrer Schuld sich regte, aber auch, wie oft in guten Augenblicken, ihr Gefühl zum Manne, das – über alles hinaus – doch in ihr war. Als er eintrat, tat sie, als habe sie alles vergessen, und sagte, wohl ahnend, daß sein langes Fernbleiben mit dem, was zwischen ihnen stand, zusammenhing, und schlechten Gewissens, er möge von anderen erfahren haben, wie sie sich vergangen hatte.

»Viel wirst den Leuten zu erzählen gehabt haben, mehr als mir? Schon lang hab ich auf dich gewartet.«

Und da er ja auch früher schon es innerlich aufgegeben hatte, Widerstand zu leisten, so schwieg er jetzt über das, was ihn bedrückte, schaute nur geradeaus über den Tisch, auf dem er die ausgestreckten Arme vor sich gelegt hatte. So blieb dieses Schwere wie eine nicht ausgetragene Krankheit zwischen ihnen. Der Tag verging, der erste Tag, da er wieder daheim war, und es vergingen die Wochen. Sommer war über dem Land, Tage der Ernte und der guten Sonne, da auch die Juden die Freude an den Stücken Landes genießen konnten, die sie zum Teil als Bürgernutzen hatten und teils selbst, teils durch nachbarliche Leute bebauten, und an den Gartenstücken, die von den Frauen betreut wurden.

Raphael saß oft allein und schweigsam zwischen seinen mit dem etwas morschen Holzzaun umhegten Beeren- und Ziersträuchern des überwachsenen, zu wenig gepflegten Gärtchens unten am Fluß. Jetzt waren schon die Reineclauden gelb und reif und fielen von selbst; wieviel Jahre waren es her, daß er das damals kleine Bäumchen zusammen mit der Mutter gepflanzt hatte. So mußte er immer zurückdenken. Obwohl keiner aus der Gemeinde ihm Vorwürfe gemacht hatte wegen dem, was mit Debele vorgefallen war, ja, manche sagten, die Kehilla könne froh sein, daß er fort sei und ihr nicht zur Last falle, und obwohl der oder jener manchmal zu ihm kam, »um ihn aufzuheitern«, wie sie unter sich sagten, weil sie fühlten, daß er in sich mit etwas nicht fertig wurde, ja wußten, daß es die Sache mit dem früheren Mieter war, so blieb er doch verschlossen in seiner Bedrückung und unzugänglich.

Die wohltätige Vereinigung hatte bald auf sein Drängen nach Kuppenheim geschrieben und bei dessen Verwandten angefragt, ob ihr Vetter wirk-

lich dort sei. Doch war keine Antwort gekommen, und Michel Bloch hatte darauf gesagt, das habe man von denen nicht anders erwarten können, so wie er sie kenne.
Und immer wieder wurde Raphael durch seine Frömmigkeit, die er von Vätern und Vätern her im Blute hatte, gemahnt an das, wogegen sie beide sich vergangen hatten; jeden Morgen sprach er es doch selbst im Gebet aus, daß Wohltaten nach den Ehrfurchtserweisen vor Vater und Mutter in der Reihe der menschlichen Handlungen, die uns als Gott wohlgefällig, auferlegt wurden, die wichtigsten sind, die Liebeswerke gegen den Nebenmenschen. Mußten nicht auch die anderen an ihn dabei denken, wenn sie das beteten!
Recha ihrerseits, die wohl fühlte, daß Besonderes in ihrem Manne vorging, mehr als das früher offenbar der Fall gewesen war bei ähnlichen Zwistigkeiten in den langen Jahren, und auch den Grund ahnte, obwohl Raphael ihr darüber nichts mehr sprach, versuchte, nun da er ihr auch in nichts mehr widerstand, ja in den kleinsten Dingen des Alltags zu Willen war, sich ihm zu nähern mit dem und jenem, um das er bisher vergebens bei ihr gekämpft hatte.
Sie tat ihre alltäglichen Verrichtungen neben dem, daß sie die Jachet arbeiten ließ, kaufte am Freitag das wenige ein, was sie für Schabbos brauchten, und zankte sich um den Preis der Waren mit den Fischfrauen, den Eier- und Zwiebelhändlerinnen, die aus den kleinen Dörfern und Gehöften vorbeikamen, die geflochtenen Körbe auf dem Kopf; und sie ging Schulen an der Seite Raphaels am Schab-

bos und an den Festtagen wie die anderen neben ihren Männern.
Ja, nun waren die Jomim Nauroim herbeigekommen, die Feiertage der inneren Prüfung und Ehrfurcht; und alle in der Kehilla lebten in der besonderen Stimmung, von der die Frommen alljährlich um diese Zeit umfangen werden seit je, weil sie sich dem Ewigen näher fühlen als sonst im Jahr und weil sie sich prüfen und dadurch erneuert werden durch ihn.
Raphael übte, wie er es von Jugend auf gewohnt war, die religiösen Bräuche, ja, er flüchtete sich in sie, wiewohl die Unsicherheit in ihm schwelte seit dem, was geschehen war. An den Bußtagen erhob er sich früh in der Dunkelheit und ging mit einsam hallenden Schritten, deren Alleinsein er fühlte, durch die stille, noch nicht erwachte Straße zur Schul; nur da und dort brannte in einem Judenhaus ein Licht, Nebel fiel feucht herab, und ihn fröstelte. Dann betete er mit den anderen, sah sie unter den tropfenden Kerzen sich über die alten Bücher neigen, wie er selbst es tat, hörte ihre vertrauten Stimmen nah und doch wie von weit her und kehrte danach in dem trüben ersten Licht des Tages, wenn schon die Bauern mit ihren Fuhren über die Straße zogen, heim. Dort wartete Recha. Denn während er in den früheren Jahren sich hatte allein erheben müssen und seine Frau es nicht für nötig gehalten hatte, mit ihm zugleich aufzustehen an solch geweihten Tagen, wie alle anderen es taten, so verließ sie jetzt jeweilen mit ihm das Bett, um mit Jachet das Frühstück zu bereiten, bis der Mann heimkam. Und jeden Morgen stand dann ein Kuchen zwi-

schen den Kannen von Kaffee und Milch, wenn er aus der Schul zurückkehrte. Raphael spürte wohl ihren Willen und den Grund; aber für ihn war es zu spät, es drang nicht mehr zu ihm, weil das, was er wußte und was er seit allzu langer Zeit erlebt hatte, es nicht mehr zuließ. Doch als sie am Erev Rosch ha schono vor dem Abendessen ihm den großen, gelblichroten Apfel geboten – es war eine Parmäne von seinem Lieblingsbaum draußen im Garten – und dazu das Honignäpfchen mit dem braunen Honig gestellt hatte, und als er eine Schnitte, eingetaucht in die Süße, selbst gegessen, die Berocho gesagt und ebenso seiner Frau ein Stück gereicht hatte unterm milden Licht der beiden silbernen Leuchter, da kam sie zu ihm, stand vor ihm und sagte:

»Laß uns gut sein, Raphael!«

»Rechele«, vermochte er nur zu sprechen und strich ihr leis mit der Hand über den glatten Scheitel.

Und so gingen sie nebeneinander die beiden Tage zur Schul, beteten unter den anderen ihre besonderen Gebete und hörten ergriffen das Tönen des Schofar. Am zweiten Tag besuchten sie die Freunde, ihnen die Verzeichnung eines guten Jahres zu wünschen. Aber als sie bei Elias Gump gewesen waren, sagte der zu seiner Frau:

»Der Raphel gefallt mir nit; er tragt ebbis schwer.«

Einige Tage später geschah es, daß der Briefträger, als Raphael eben aus der Tür treten wollte, ihm einen Brief überreichte mit den Worten: »Us Frankriech isch der; wird e wichtigi Sach' si!«

Der Umschlag trug eine französische Marke mit

dem Bilde des Kaisers Napoleon im Spitzbart. Raphael tat ihn ungeöffnet in die Rocktasche, wie ahnungsvoll und als ob er wisse, daß er unbeobachtet und allein lesen müsse, um das zu lesen, was er enthielt. Als er ihn dann im Wandern nach einer Weile außerhalb des Städtchens geöffnet hatte, las er auf dem gelblichen Papier, von fremder Hand geschrieben und unterschrieben mit einem unbekannten, ja unleserlichen Namen: Der David Levy, mit dem er, der Schreiber, nun wochenlang auf Wanderschaft gewesen sei, habe ihm, bevor er in einer Herberge zu Zabern habe sterben müssen, wahrscheinlich weil er trotz seiner Krankheit, wie man wisse, der Schwindsucht, zu oft gehungert habe in der letzten Zeit, aufgetragen, diesen Brief zu schreiben, als einen Abschied an ihn als seinen Verwandten.

Der Brief aber war eine Täuschung, von Debele arglistig selbst entworfen, um sich zu rächen an Raphael und Recha. Wie eben die Menschen ihnen zugefügtes Unrecht schwer vergessen und immer den Trieb in sich spüren, es zu vergelten zur rechten Zeit. Tatsächlich aber war er bei seinen wahren Verwandten in Kuppenheim, das auf der anderen Seite des Rheins unweit Zabern lag, untergekommen, die ihn als Knecht in ihrer Wirtschaft gerade gebrauchen konnten; und es ging ihm besser als seit langem.

Raphael setzte sich, wie um zu überlegen, nebenan auf den Straßenrain, wo die Haselbüsche mit den schon braunen Nüssen an dem kleinen Hohlweg standen, der da auf die Hauptstraße mündete; er, der angesehene Mann Raphael Baer, saß da wie ein

kleiner unwichtiger Bocher von irgendwo am Weg. Aber was gab es da noch zu überlegen für ihn? Er schüttelte den Kopf und sagte laut vor sich hin: »Das isch halt so bestimmt.«
Und obwohl er sich fragte, was es eigentlich noch für einen Sinn habe, weiterzugehen, so schritt er doch die zwei Stunden Wegs bis zum Nachbarstädtchen. Dort war auf dem Markt schon alles im Betrieb. Ein großes Gebrüll und Stimmendurcheinander des Viehes war von weitem zu hören, und der Geruch der nahen Tiere lag dann in der Luft. Das hatte den Herbeikommenden früher stets beruhigt und wohltuend erregt als ein von Jugend auf Gewohntes. Und als er schließlich zwischen den Tieren, die an den langen Balken mit Strick oder Kette festgebunden waren, stand, als die Bekannten, Bauern von da und dort, Händler von auswärts und die eigenen Leute aus dem Städtchen ihn begrüßten, und so das Leben ohne Vorwurf und Hintergedanken um ihn war, wie stets bisher, hätte er Mut fassen und innerlich befreit sein können. Aber er stand da, ohne sich zu beteiligen, als gehe ihn das alles nichts mehr an. Doch waren auch die anderen aus der Kehilla nicht sehr darauf aus, heute ein Geschäft zu machen, an diesem Tag zwischen Rosch ha schono und Jaum Kippur, Neujahr und Versöhnungstag, wo es besser war, Buße zu tun und sich ganz auf den heiligen Gerichtstag vorzubereiten; die meisten von ihnen standen nur herum und horchten, was sich unter den anderen begab, wie die Preise waren für das Vieh, wie die Ernte ausgefallen sei in den benachbarten Gegenden und was man für den Winter

erhoffen dürfe. Schon lagen da und dort welkbraune Blätter der Kastanienbäume am Boden. Aber die Sonne schien in jener spätsommerlichen Wärme, die müde macht.

In seinem ziellosen Hinundhergehen sah sich Raphael plötzlich neben einer Gruppe von Männern, die in einem Handel begriffen waren; ein Bauer in der dunkelblauen, langen Bluse, den er gut kannte, der schwarze Johann vom Bruderhof in Uhlingen, hielt am kurzen Strick ein Jungrind, ein artiges Simmenthaler Scheckchen, um das die Rede hin und her lief, während dicht vor dem der kleine Menke Wieler von daheim mit seinen kurzen Beinen stand, den Hut auf dem Hinterkopf, und ihm die Hand hinhielt; und hinter ihm stand, so als gehe ihn alles, was sich da begab, nichts an, da er dem anderen den Rücken zugedreht hatte, dessen Vetter, der Josel, der ihm fast aufs Haar glich. Als Raphael von dem Bauern bemerkt wurde, da rief der ihn herbei: »Ihr kummet grad recht, Baer! Säget, isch das schö Rindli nit siebe Napoleon wert? Er will mer no fünfi dafür ge!«

Raphael trat nun doch näher. Aber noch eh er ein Wort sagen konnte, fuhr Menke – obwohl ja solche Gutachten üblich waren und Raphael gar manches gemeinsame Geschäft in Kippe mit ihm gemacht hatte, schon dazwischen, offenbar nur, weil er fürchtete, der andere werde dem Johann rechtgeben:

»Was bruchsch den? Der soll drus bliebe!«

Menke hatte heute keinen guten Tag, das war es. Da drehte sich unvermutet der bisher scheinbar teilnahmslose Josel herum und sagte seinerseits zu

Menke: »Schlag ein, Gaulem; das Rindle isch's wert!«
Und so schlugen die beiden, der Landmann und Menke, sich befriedigt in die Hände, daß es knallte.
»Aber e Winli müend er no zahle im ›Hirsche‹, das g'hört dezue«, fügte der Johann noch bei.
»Wil du's bisch, Johann«, stimmte der andere zu.
Raphael war über dem schon weitergegangen. Denn es hatte ihn wie ein Schlag getroffen, daß der Menke ihn ablehnte. Wußte er schon davon? Es mußte so sein. Wiesen sie ihn schon zurück? Daß Menke ihm, als das Geschäft zustande gekommen war, nachgerufen hatte, sie wollten zusammen heimfahren, hatte er nicht mehr gehört.
Er hätte, als er den Brief erhalten hatte, nicht fortgehen sollen; und ohnedies hätte er daheimbleiben müssen jetzt, da die Bußtage waren. Der Vater selig hatte nie die geringste Arbeit getan und keinen größeren Weg in dieser Zeit, und vom Großvater wußte er es schon. War er freilich nicht fast willenlos weggegangen, nur um fort zu sein, ohne bestimmtes Ziel?
Doch ging er gleichwohl wieder zu Fuß zurück. Ein Plan war ihm gekommen, ein Einfall zur Rettung gleichsam, vielleicht, es schien ihm einzig so noch möglich. Zwar hatten sie daheim für den Tag der Versöhnung schon den Sühnehahn bereit wie alle Jahre. Aber auch dieses Mal war es ein kleines, junges Hähnchen wie früher immer. Er wollte dagegen einen ausgewachsenen Hahn kaufen, so schön er ihn bekommen konnte, von den Spaniolen auf dem Erlenhof in Uhlingen sollte es einer sein; und dazu ein großes Huhn für Recha allein.

Erst wunderten sich die Bauersleute dort darüber, daß der reiche Raphael Baer, der sonst nur um Großvieh kam, heute erschien, um selbst Kleingeflügel zu kaufen, in eigener Person, und sie hielten es erst für einen Scherz, als er fragte. Aber sie gaben ihm schließlich doch den Vogel, den er auswählte, obwohl er ihnen bisher nicht verkäuflich gewesen war, weil er, ohne zu markten, den Preis bewilligte, den sie sehr hoch angesetzt hatten, eben weil sie das Tier nicht herzugeben beabsichtigten. Es war der schönste, der im Hof zwischen den Hühnern eitel sich spreizte; ein prächtiges stahlblau glänzendes Gefieder hatte er mit goldbraunen, steil ansteigenden Schwanzfedern, blutrotem Kamm und Füßen. Dazu nahm Raphael ein großes, völlig weißes Huhn, ein Leghuhn müsse es sein, und zahlte auch hier den hohen Preis, ohne ein Wort dawider zu sagen... Und was war mit dem los heute, dem Raphael Baer aus der Nachbarstadt, daß er gar das Federvieh selbst heimtragen wollte am hellen Tag, wo er sonst nicht einmal neben seinem Großvieh ging, sondern es von einem Knecht treiben ließ! Einen Deckelkorb verlangte er, ließ das Geflügel hineintun, versprach, ihn zurückzuschicken, und schritt, ihn am Arm haltend, aus dem Hoftor. Die Bauersleute schauten ihm nach; und den ganzen Tag besprachen sie neben dem guten Handel die Tatsache; daß der Baer selbst mit dem Hühnerkorb davongegangen sei; auch wunderten sie sich über sein fremdes, schweigsames Wesen, das anders war, als sie es bisher gekannt hatten. –

Er kam auf dem Weg etwa eine Viertelstunde vor

dem Städtchen am guten Ort vorbei, am Friedhof der Juden, der ein wenig erhöht auf einem flachen Hügel lag. Und obwohl Raphael erst wenige Tage zuvor, wie es Brauch ist in dieser Zeit, die Gräber seiner Vorfahren besucht und die Gebete gesprochen hatte, während da und dort andere aus der Kehilla, wie er, standen, versunken in Erinnerung und so verbunden mit den Vätern und Müttern, so zwang es ihn doch jetzt wieder hineinzugehen. Er trat, nachdem er den Korb davor ins Kraut gestellt, durch die aus starken Brettern zwischen Pfosten gefügte, grau verwitterte Holztüre auf den von einer dichten Hainbuchenhecke, die von Vogelstimmen laut war, umgebenen geweihten Raum. Sommerlich war noch alles überwachsen, die Bäume, mehrere große breitästige Linden, standen dicht und grün mit Blättern umher und neigten die Äste herein. Wenig Feldblumen blühten noch; aber da und dort war noch roter Mohn zwischen dem wuchernden Immergrün und Gras. Die Flur des Landes reichte bis hier herein, wo die vielen, von einfacher Hand aus grauem, schon verwittertem Sandstein behauenen Mäler standen, die in der Schrift der heiligen Sprache die Namen alle trugen, die wir aus dem Städtchen von den Lebenden her kennen, immer wieder dieselben Namen. Und sommerlich schien noch die Sonne, als er versunken so stand und nach Erlösung in sich durch die Alten hier suchte. Er betete, verharrte lang schweigend. Aber wenn es ihm auch wohltat, hier unter den guten Toten zu sein, so, als lebten sie, so gab es ihm doch nicht Befreiung von seiner Last; er mußte auf das andere hoffen. Und als Recha ihn dann

wieder mit erregten Worten empfing, plötzlich schämte sie sich vor den Leuten: ihr Mann mit dem Geflügelkorb über die Straße, von allen gesehen, so sagte er ruhig:
»Das sin die Kappores-Vögel, wie sie dies Jahr für uns nötig sin wegen allem; das klein Zeug isch nit genug für dieses Mal.«
»Und zwei?« frug sie, »mir habe's ja!«
»Ja«, erwiderte er, »für dich muß ich auch das deine schwinge. E schwere Sühn' muß sein!«
Da schalt sie über die Verschwendung, da man doch das Hähnchen, wie stets, schon habe, und das genüge; und fing immer wieder davon an, bis zur Nacht. Und so war wieder Unfriede da wie je zuvor. Unvermutet fing sie an, und ohne daß es mit dem, was der Anlaß zu dieser neuen Verstimmung war, etwas zu tun hatte und zusammenhing, alles, was sie in letzter Zeit, sich mit Müh beherrschend, unterdrückt hatte in sich, nun von sich zu geben; so fragte sie, wo die ihr damals versprochene Reise nach Baden-Baden geblieben sei, so halte man sein Wort; und dergleichen mehr.
Aber der Mann schwieg, schaute sie nur groß an und brachte das Geflügel in einen besonderen Verschlag des Hühnerstalls und gab ihm zugleich Futter.
Diese Vögel aber sollten zur Sühne dargebracht werden und als Opfer an ihrer Stelle, für ihn und die Frau, für die er einzustehen hatte, wie es Brauch ist unter den Frommen von alters her.
Denn das Bewußtsein der großen Sünde, durch seine Verfehlung gegen das heilige Gesetz den Tod eines anderen, eines Juden gar, verursacht zu ha-

ben, wie er es nun glauben mußte, weil die Tat seiner Frau in ihm, je mehr Zeit sich seither gehäuft hatte, mehr und mehr zu seiner eigenen wurde, verstärkte noch die Verzweiflung über das Mißgeschick, das zwischen ihnen seit langem gewachsen war und dem nun nicht mehr geholfen werden konnte. Beides war in ihm als ein dumpfes lebendiges und bedrückendes Wesen. Scheu und furchtsam verschwieg er nun zwar den anderen das, was er aus dem Brief erfahren hatte; aber zugleich breitete sich in ihm Furcht aus der Möglichkeit, daß auf andere Weise die Nachricht zur Kehilla dringen und ihn völlig vernichten werde. Die Nächte brachten ihm von da an nicht Schlaf, noch wenigstens Ruhe des Körpers. Wie sollte er nicht alles versuchen, Rettung zu erlangen, da es ihm durch den Tod des armen Debele ja unmöglich gemacht worden war, Verzeihung zu erlangen, wie sie den anderen allen gewährt wurde am Gerichtstag, weil er das Unrecht nicht vorher gutmachen konnte, wie es gefordert wird vom heiligen Gesetz; und da der vermeintlich Tote ihm auch noch offensichtlich geflucht hatte – wie anders als einen Fluch sollte er es deuten, daß er ihm, gerade ihm diese Botschaft hatte schicken lassen.

Am Vortag zum Versöhnungstag also, in der Dämmerung, als Raphael vom Frühgottesdienst aus der Schul gekommen war, holte er selbst wieder Hahn und Huhn aus ihrem Verschlag, jedes Tier unter einem Arm, und Recha wartete in der halbdunklen Küche, in der kein Licht mehr brannte.

Und während Recha das Huhn an sich gepreßt hielt, nahm Raphael zuerst den Hahn, faßte ihn an den Füßen mit der linken Hand und schwang den mit den Flügeln Flatternden überm Kopf, nachdem er die vorgeschriebenen Worte gesprochen hatte, schwang ihn mehrmals überm Kopf im Kreis: »Dies ist meine Sühne... meine Sühne...«, sprach inbrünstig Raphael, ja, er rief es, als müsse er so erhört werden.

Dann reichte ihm Recha das Huhn, und er schwang es für sie und flehte für sie ebenso. Und sie stand dabei, und Jachet stand daneben, bewegt vom Schauer der geheimnisvollen Handlung; und alle Alten aus den Jahrhunderten her waren mit ihnen im Raum.

Als das Vorgeschriebene, Ewigalte, so getan war, nahm Raphael selbst wieder die Tiere, tat sie in den Korb und ließ sie, noch ehe er sich zum Frühmal setzte, bei Salme, dem Schochet, schlachten. Und Recha selbst, so widerwillig sie es tat, fügte sich doch dem Zwang, da das sonst der Jachet oblag, rupfte das Geflügel und nahm es aus; Raphael aber schaute zu, damit nichts verfehlt wurde. Denn die Eingeweide, Herz, Leber und Eierstock, zahlreiche gelbliche Dotterchen, wurden durch das Fenster in den Hof geworfen für die graue Katze, die auch gleich da war und mit eifrigen, kundigen Pfoten sich darüber hermachte, während einige Hühner furchtlos dazwischen pickten. Er selbst aber brachte den Hahn dem armen, vereinsamten Mendele Weil, dem Elendesten der Kehilla, der beim Schmul in der Dachkammer wohnte. Das Huhn dagegen hieß er Recha der Frau Breindel bringen, der Witwe des früheren Schames Stern mit ihren vier Kindern, die man noch in dem kleinen, der

Kehilla gehörenden Haus neben der Synagoge hatte bleiben lassen. Sie aber schickte Jachet hin, als Raphael fort war.

Der Tag schritt hin in jener Stimmung der Vorbereitung, wie das Gesetz es verlangt. Gegen Mittag aber hörten sie plötzlich Schritte auf der Treppe und hörten Stimmen, und da die Tür sich öffnete, traten Avrohom Meyer ein und Elias Gump. Sie gingen mit heiterer Stimme auf Raphael zu, der sich allein im Zimmer befand; und nachdem er sie aufgefordert hatte, Platz zu nehmen, fragte er: »Was verschafft mir die Ehr, heut, am Tag vor Kippur?«

Da begann Elias: »Du wirsch zwar e weng überrascht sein. Aber wir kommen wirklich, um dir e Koved anzutragen: weil doch unser Parnes, wie du weisch, in einem halben Jahr abgibt, und weil mer auch begreife, daß er's nimmer mache will bei seinem Alter, so habe mer beschlosse, es dir anzutrage, weil du auch bei dei'm G'schäft am eheste Zeit hasch und wir 's Vertraue zu dir habe vor allem. Du wirsch's gwiß nit ablehne!«

Sie hatten aber das eben auf den Vorschlag von Elias Gump, den das Gefühl nicht trog, weil er sein Freund war, nach langer Beratung und auch Widerreden des Michel Bloch, unternommen, weil sie ihm noch vor dem Sühnetag zeigen wollten, daß er bei ihnen gleich in Achtung stehe wie je zuvor; denn, auch wenn er nicht wirklich so unschuldig gewesen wäre, wie er es wirklich war, so würden sie ihm doch vieles nachgesehen haben; denn es ist so unter den Menschen, daß die eher Verzeihung und Entschuldigung finden bei den anderen, die

am meisten unter ihnen ausgezeichnet sind durch Besitz und Geld. Aber diese waren ihm in der Tat freund und gut.
Raphael jedoch erwiderte:
»Nein, das kann ich nit annehme, soviel es mich ehrt, un ich dank euch, kann nit sage, warum...«
Avrohom meinte: »Mir kenne vielleicht auch den Grund. Aber das gilt nit un hat mit dem nix zu tun. Sag ja, Raphel!«
Indem aber war Recha eingetreten, die schon vom Schlafzimmer nebenan zugehört hatte, begrüßte die Herren und warf ein:
»Wenn ich als sei Frau ebbis sage darf, so glaub ich auch, daß er annehme sollt.«
Raphael aber erklärte: »Das ist ganz mei Sach'. Ich kann's nit annehme, weil ich's nit verantworte kann, weil ich nit dafür pass', un ich möcht kein Wort mehr darüber höre. Ich dank euch, Avrohom und Elias, und allen anderen, saget's ihne, un ich wer's euch nit vergesse.«
So gaben ihm die beiden braven Männer die Hand und verabschiedeten sich auch von Recha; die aber ging noch mit ihnen vor die Tür und sagte halblaut: »Ich wer ihm schon noch zurede«, worauf Elias erwiderte: »Das wird wenig nütze, wie ich ihn kenn un die Sach seh.«
Aber als Recha nun wieder ins Zimmer trat und nicht unterdrücken konnte, das eine Wort »Schlemihl« zu sagen, da drehte Raphael ihr nur wortlos den Rücken zu. Und fast schweigend saßen sie danach bei Tisch, das Mahl zu nehmen vor dem schweren Tag. Wieviel leichter hätten sie es nun gehabt, wenn Recha gesegnet gewesen wäre und

Kinder gehabt hätte, an denen sie sich freuen und die sie segnen konnten.
Den langen Tag der Prüfung standen sie dann beide mit all den anderen in der Schul. Raphael verließ nicht den heiligen Raum und wandte sich auch nicht all die Stunden nach oben, wo seine Frau von der Brüstung nach ihm schaute; er harrte aus, bis nach Neila, dem Abendgebet, das Dunkel draußen vor die hohen Fenster sank, geneigt über das dicke, stockfleckige Buch, das die Hände der Ahnen schon durchblättert, auf denen ihre Augen schon geruht hatten vor Jahren und vielen Jahrzehnten, das den Geruch trug des alten welken Papiers und der Kerzen, die einst über ihm brennend schmolzen von Morgen bis Abend viele Male, viele Tage, wie der heutige es war. Vom Beginn des Tages stand er bis zum ersten Stern im weißen Gewand der Buße, und er setzte sich nicht, denn er wollte sich kasteien, so müd er auch wurde ohne Speis und Trank, und suchte Verzeihung für das, was ihn bedrückte und was niemand ahnte hinter seinem äußeren Wesen; inbrünstig schlug er sich mit geballter Faust an die Brust. Die anderen, die Freunde, die um ihn bangten, hofften, er werde den Frieden finden heute von dem, was ihn bedrückte. Aber der Abend kam, und sie sangen die letzten Gesänge, und der letzte Ton des Schofar ertönte, als kündige er endgültig die Erlösung für alle; und Raphael hatte sie nicht gefunden, er war nicht gesegnet worden in seinem Innern.
Hatte er denn nicht auch wieder eben jetzt in dem alten Buche die Worte des Propheten gelesen: »Wenn du einen Nackten siehst, daß du ihn beklei-

dest...« Aber er, was hatte er geschehen lassen? Er hatte Debele nicht nur nicht bekleidet, sondern er hatte es geduldet, daß er ausgetrieben wurde wie ein wandernder Bettler, der nicht zur Gemeinschaft gehörte. Und hatte er ihn nicht all die Zeit schon, noch ehe der Brief gekommen war, einsam umherwandern sehen ohne Nahrung, ohne Dach an jedem Tag, vielleicht im Freien frierend während der Nächte...

Ja, an diesem Tage hatte es sich so entschieden, daß Raphael nicht mehr ausweichen konnte, und es half ihm auch nicht mehr das heitere Leben von Sukkaus, dem Laubhüttenfest, aus dem alle wieder Hoffnung sich holen und Heiterkeit im Vertrauen, weil sie da das große Wirken der Natur und des Bodens erkennen, der wieder Früchte brachte und Nahrung für den Winter. Raphael stand wohl an diesen Tagen noch bei den anderen am großen Brunnen mit den langen eisernen Röhren, aus denen nach allen vier Seiten das Wasser in den Trog strömte für Vieh und Menschen; er stand nahe seinem Haus. Aber wenn sie dabei die Vorfälle des Tages dort besprachen, sich neckten und sich freuten der festtäglichen Ruhe, der sie sich sorglos hingaben, bevor sie sich zum Gebet begaben, so hörte er wohl zu, allein nicht so, als ob es sich um Dinge handelte, die auch ihn angingen, sondern fremd und unbeteiligt und als dürfe er im Grunde nicht mehr daran teilnehmen. Und doch suchten sie ihm alle zu zeigen, daß sie ihn wie je als den Ihren nahmen. Gleichwohl hätte er sich vielleicht befreien können, wenn es Frühling gewesen und in den nächsten Monaten nicht der Winter gekommen wäre, sondern die Sonne des Sommers, ihr Licht und ihre Wärme Zeit gehabt hätte, heilend in sein Gemüt zu dringen. Denn es ist ja so, daß wir gebunden sind an den Lauf der ewigen Gestirne und das geheime Wirken ihres Wechsels von Nähe und Ferne, der Wolken schafft und Regen und Wind, Wärme, Schnee und Frost, und die Säfte steigen läßt in Menschen, Tier und Pflanzen und Schwermut bringt oder Heiterkeit der Seele...

Als seien es viele schleppende Schritte, die von ferne herbeikamen, so hörte Raphael kurz nach Sukkaus eines Abends den Regen auf das Pflaster fallen, und er ließ nicht nach zu fallen, endlos, wochenlang; um nicht auf die Straße schauen zu müssen, wo die Leute gingen, saß er nun oft allein im Hinterzimmer, durch dessen Fenster man über den hölzernen Altan auf das nahe Dach sah; das Wasser lief endlos drüber hin. Tagelang sprachen Raphael und Recha nicht miteinander.

Danach wurde es Winter, Schnee fiel nicht, aber der Frost war mit seiner Trostlosigkeit immer grau zwischen den Häusern, und wenig erfuhren die Leute im Städtchen von draußen.

Noch einmal hatten sie es versucht, ihn zu überreden, doch noch ihr Parnes zu werden, und man hatte ihn dabei daran erinnert, daß seine Familienehre es geradezu verlange, anzunehmen.

»Du bist es deinen Vätern schuldig, deinem Vater und allen vor ihm«, hatte nun der alte Parnes Bernheim selbst, dem sie es dieses Mal aufgetragen hatten, ihm vorgehalten. Doch hatte er geantwortet: »G'rad ihretwegen, ja, darf ich es nit annehme; g'rad das würd' die Sünd noch größer mache!«

»Welche Sünd?« fragte, um ihn zu beruhigen, der greise Mann, so, als ob er von nichts wisse. Und in der Tat, wie hätte er begreifen sollen, worum es da wirklich ging. Raphael, der am Tisch saß, hatte die Stirn in die auf den Ellbogen gestellte Hand gelegt und zuerst geschwiegen. Dann hatte er erwidert: »Eine, die man nit mehr von sich abtun kann.«

Und wenn heute vielleicht einer einwendet, das sei nicht der Rede wert, wessen Raphael sich selbst bezichtigte, und jedenfalls habe kein Grund vorgelegen für ihn, sich so belastet zu fühlen um dessentwillen, was wir von ihm wissen, so mag das vielleicht wahr sein für den, der das heute meint; ihm aber müssen wir erwidern, daß dieses geschehen ist vor weit über fünfzig Jahren, als die Väter – wenigstens in unserer Gegend – noch allenthalben den guten Glauben hatten und das Vertrauen in die Macht Gottes, damit aber auch die Verpflichtung fühlten, ihm nach seiner Vorschrift bis ins kleinste zu dienen, und gar dort, wo es sich darum handelte, eines seiner wichtigsten Gesetze nicht zu verletzen. Und vergessen wollen wir auch nicht, daß wir immer belastet sind mit dem Wesen unserer Vorfahren, mit ihrem Leben, ob es gut oder schlecht war, ihren Sünden und Wohltaten, ja ihren Sünden am meisten; denn ihr Blut fließt in uns; und wir dürfen nicht vergessen, woher dem Raphael das seine zugeflossen ist, nicht nur vom Vater, sondern auch von der Mutter her.

Die Eintönigkeit des winterlichen Alltags der kleinen Stadt lastete auf Raphael, nie hatte er das zuvor gefühlt; immer dieselben Menschen, immer der gleiche Verlauf der täglichen Verrichtungen, kaum daß der Schabbos, an dem er sich unter den Leuten in der Schul zeigen mußte, ihm wohltat durch den Wechsel seiner Festlichkeit und seiner Ruhe nach dem wöchentlichen Tun; denn einerseits war er auch gelähmt in dem, was das tägliche Leben doch von jedem von uns fordert, so daß ihn nicht nach der Ruhe des Schabbos verlangte, und anderseits fiel es ihm schwer, die Freundlichkeit der anderen zu ertragen, weil er sich schuldig fühlte, ob sie es billigten oder nicht; er hatte, wie wir alle, sein eigenes Gesetz in sich. – Scheu hatte er es bis jetzt vermieden, das Zimmer oben unterm Dach zu betreten, das einst Debele bewohnt und so lange belebt hatte. Eines Spätnachmittags zu Ende des November, da er, eine Weile auf die leere Straße schauend, am Fenster des Wohnzimmers gesessen hatte, schweigend, und eben hatte er Mincha gebetet, erhob er sich plötzlich, ging über die schon dunkle Treppe hinauf und wartete einen Augenblick vor der Tür aus nebeneinandergenagelten Latten; von einem schrägen Dachfenster kam hier noch graues Licht. Die Klinke ging schwer, sie war lange nicht bewegt worden, und er hatte Mühe, die Tür zu öffnen; und als sie nach einem gewaltsamen Ruck nachgab, erschrak er. Die Kälte des lang nicht bewohnten Raumes schlug ihm entgegen, und dessen Einsamkeit fiel über ihn her. Das Bett stand leer, ohne Kissen und Decken, und der Stuhl in der Mitte des Zimmers noch so, als habe sich eben einer davon erhoben. Was wollte Raphael hier? Was suchte er? Er tat einige Schritte. Da er aus dem warmen Wohnzimmer kam, fröstelte ihn im kalten Raum, dessen Decke die Ziegel des Daches waren.

Und plötzlich war ihm, als höre er ein unterdrücktes Hüsteln, und danach sprach eine Stimme, sehr deutlich hörte er sie. Aber er verstand nicht die einzelnen Worte. Doch wußte er, daß sie ihm galten; und von wem anderen konnten sie stammen als von dem hier Vertriebenen, da niemand seither hier gewohnt hatte! Erschreckt, jäh floh er und schlug die Tür hinter sich zu, daß es durch das ganze Haus hallte...

Indessen hatte Recha, indem sie wie bisher den kleinen Dingen unterworfen blieb, die ihr wichtig schienen, das Feilschen um Pfennige und das Kargen mit jeglichem, von dem sie sich nun einmal trennen mußte, weil des Tages Notdurft es erforderte, nicht bemerkt, daß Raphael ein anderer geworden und ihr immer ferner gerückt war, ja, daß er ein neues, fremdes Leben für sich führte, das ihn weiter und weiter entfernte, nicht nur von ihr, sondern von allem, was vordem ihm selbst noch wichtig erschienen war an Menschen und Dingen. Und so traf es sie zu unvorbereitet, als eines Abends, es war die Zeit kurz vor Chanuka, Jachet, die Magd, da sie sich in ihre Kammer zu Bett begeben wollte, schreiend, die flackernde Küchenlampe in der Hand, von oben gelaufen kam und rief: »Der Raphel, der Raphel«, und laut weinte und nichts weiter zu sagen vermochte als immer wieder: »Der Mann, droben, der Mann.« Und Recha, auf ihn wartend, der sich vorher hinausbegeben hatte, und schon im Begriff, ins gemeinsame Schlafzimmer zu gehn, entriß ihr die Lampe, stieg hinauf; und da war ihr Mann, halb sitzend auf einem Mauervorsprung unterm Dachbalken, von dem die Spinneweben hingen, aber auch ein langer Strick aus Hanf, an dem sonst die Blesse aus dem Stall geführt wurde, saß mit friedlichem, aber leblosem Gesicht und war tot.

Und wir wissen es wohl, wie sehr es ein Chilul Haschem ist, eine Entweihung des göttlichen Namens, wie wenig anderes, wenn ein Frommer unter uns sich nicht einmal mehr retten kann durch Gebet und Vertrauen zum Allmächtigen und selbst den ihm gnädig verliehenen Atem auslöscht. Aber wer von uns will entscheiden, weshalb in Raphael nicht mehr Mut und Heiterkeit und Kraft der Seele gelegt worden ist, um dem Schweren widerstehen zu können von Anfang an?

Sie hatten den Raphael längst zum guten Ort gebracht, Schnee lag auf dem Grab seit manchen Wochen schon, als Recha zu sich kam, aus einem Nervenfieber erwachend; sie war selbst nahe dem dunklen Tor gewesen.

So hatte sie nicht einmal, wie es sich gehört, ordentlich Schivo sitzen können, die Woche der Trauer auf dem niederen Stuhl um ihren Mann zur rechten Zeit. Die Frauen hatten sie gepflegt, und die ganze Kehilla war in einen Strom von Mitleid und Bangnis gehüllt während der langen Wintermonate, die dieses Ungewöhnliche unter sie gebracht und ihnen allen wieder einmal gezeigt hatte, wie wir unterworfen sind dem geheimnisvollen großen Wirken, das über uns ist, ohne daß wir wissen, was sein Willensziel bedeutet, und dem wir nur vertrauen zum Guten, weil es vom Ewigen kommt. Sie alle kamen danach, ihr Trost zu sagen, jeder nach seiner Art.

Und Michel Bloch saß vor ihr und meinte, man dürfe nicht vergessen, daß Raphaels Mutterbruder sich auch das Leben genommen habe vor vielen Jahren, sie wisse es vielleicht nicht, und wenn es ihm recht sei, so sei das auch sonst noch unter denen geschehen.

Und Elias Gump saß ihr eines Tages gegenüber am Tisch eine lange Weile. Aber er vermochte nichts zu sprechen, nicht ein Wort, saß nur schweigend da und hob einmal die Hand vom Knie mit einer Bewegung, die vieles sagte und von Recha wohl verstanden wurde, und wortlos verließ er die Trauernde, nachdem er ihr die Hand gedrückt.

Die Hebamme Lisabeth kam und fragte, ob sie irgend etwas helfen könne; und um sie zu trösten, erzählte sie, der Raphael habe ihr vor nicht langer Zeit geklagt, weil es ihm nicht vergönnt gewesen sei, Kinder zu haben; und vielleicht sei dieses sein großer Kummer gewesen; davon zu sprechen, war eben ihr Beruf.

Alle Leute aber meinten, »er habe es doch nicht nötig gehabt«; aber wie hätten sie das beurteilen können, da wir doch nicht wissen, was hinter der Stirn des anderen sich begibt, oder wie sein Herz erschüttert wird und leidet von den schlimmen Fügungen, die gerade ihm begegnen.

In Recha aber, wiewohl sie so beschaffen war, wie wir sie bis jetzt kennengelernt haben, wurde jener böse Trieb nun zurückgedrängt, ja überwunden, weil ihr gezeigt worden war, wie man nicht herausfordern darf die unendliche unbegreifliche Macht, und weil sie erfuhr, was das ist, das dunkle Wort: zu spät, da sie erkannte, was sie verloren hatte. Wie litt sie nun, daß ihr nicht Kinder gegeben waren, daß sie nicht Söhne hatte, die im Trauerjahr der heiligen Pflicht genügen konnten, ihrem Vater Kaddisch zu sagen und für ihn zu zeugen vor Gott und den Menschen und seinen Namen nicht vergessen zu lassen. Doch ließ sie durch den Chasan, Herrn Jehuda, aus den heiligen Büchern lesen, ein ganzes Jahr lang jeden Schabbos in dem Zimmer, wo sie mit Raphael all die Zeit gelebt hatte, und die Leute aus der Gemeinde waren immer dabei und dachten seiner; und es fiel ihr nicht schwer, für den frommen Zweck zu zahlen, was dafür verlangt wurde. In dem Schlafzimmer aber, auf dem Tisch neben seinem Bett, brannte bis zum Jahrtag, ohne zu verlöschen, das Licht, Öl an kleinem Docht mit zarter Flamme in einem Glas, und erinnerte sie zu jeder Stunde des Tages und der Nacht an ihn. Und an dem Tag, da es sich jährte, seit er von ihr gegangen war, ließ sie Jahrzeit machen, wie es sich gehört, und jedes Jahr, das darauf folgte.

Im Dienste seines Gedenkens wandelte sie so ihr Leben, als sei er noch um sie wie einst.

Am Schabbos-Vorabend war unter den brennenden Lichtern, die sie betend entzündete wie einst, der Tisch für zweie gedeckt, und so blieb es bis an ihre alten Tage. Denn Recha lebte, bis sie eine Greisin war.

Aber bis dahin vollbrachte sie ein anderes, ein neues Leben, geweiht dem Andenken ihres Mannes, den sie nun erst sah in seinem reinsten Wesen. Reue war in ihr und Erkenntnis und innere Buße. Sie versuchte zu sein, wie es seinem Willen entsprach und seinem Bild, das sie jetzt, aus der Ferne, erst klar sah. Und da er ihrem eigenen Willen, der, wie wir gesehen haben, Widerspruch nicht ertrug, nicht mehr widerstehen konnte, so fiel es ihr jetzt leicht, anders zu werden.

Sie ging im Winter auf das Grab, als es noch braune unbewachsene Lehmerde war und ohne Pflege, wie es sich gehört im ersten Jahr nach dem Tode eines Geschiedenen, und war im Frühling dort, im Sommer und im Herbst und sprach die Gebete in ihrem Alleinsein.

Und als dieses erste Jahr vorüber war, ließ sie einen Mazeiwo setzen aus mildem Sandstein, wie ihn die alten zeigten, schön und ebenmäßig; und sie mußten daneben einen Platz freilassen für sie selbst, damit sie einstens neben ihm ruhen könne in Frieden; und man sah, daß ihr daran gelegen war, gutzumachen, was sie verfehlt zu haben glaubte, wenn auch die Fanny Rothschild mit ihrem bösen Mund, wie sie es gewohnt war, zuerst herumgeredet hatte, das alles tue sie wieder, um von sich reden zu machen, und auch andere es zuerst nachgesprochen hatten, wie die Menschen eben Verleumdungen leicht glauben. Sie dachten nicht daran, daß durch das Herz alles möglich wird, am meisten aber, wenn es liebt, indem es entsagt. Aber Jahr um Jahr verging so, und schließlich wußten sie alle, daß es ihr ernst war mit ihrem Tun. Kein armer Mann kam von nun an in die Kehilla, der nicht bei ihr das Brot bekam, und jeder wußte am Ende, daß am Schabbos ein Fremder, der zur Schul gekommen war von weit her, bei ihr zu Gast sein mußte, und daß kein anderer, wenn sie ihm nicht böse werden sollte, den Gast ihr wegnehmen durfte, um der Mizwa, der guten Tat willen, die ihr alleine oblag. Und keiner von den Armen ging auch von ihr, der nicht Wegzehrung bis zum nächsten Ort und mehr erhalten hätte. So sprach es sich im Lauf der Jahre herum, wer sie geworden war, bei allen, die in unserer Gegend immer im Wandern waren nur um ihrer Frömmigkeit willen oder auch als Bettler und Hausierer mit den ärmlichen kleinen Waren des täglichen Gebrauchs, und daß keiner ungespeist von ihrer Türe gehe. Und weil man sie kannte, schickte man ihr manchmal gar aus den Städten von weit her oder aus den Nachbardörfern einen Frommen im Kaftan und ungezwickten Bart und Schläfenlocken, der bei ihr länger bleiben und beten mußte für den nun lang schon Gestorbenen. So war sie die Witwe des Städtchens, ging immer im schwarzen Kleid und Häubchen mit kleinen Schleifen und wurde zugleich eine Mutter für alle.

Die Kleider Raphaels hatte sie einstens voller Scheu unberührt im Schranke hängen lassen, und sie hingen so seit dem dunklen Geschehnis. Aber eines Wintertages, als Schnee und Regen zugleich auf die Straße fielen, so daß die Leute in den Häusern blieben, war ein armer Mann an ihre Türe gekommen und hatte um Schuhe gebeten, und sie hatte gesehen, daß er einen Rock aus sehr dünnem Stoff trug und bleiche frierende Hände hatte; da ging sie zu dem Schrank und entnahm einen Anzug Raphaels und gab ihn dem Armen. Denn die Zeit hatte allmählich gemildert, was die Frau in ihrer Verlassenheit bisher gehemmt hatte, zu berühren, was Raphael betraf, sowohl die Gefühle, die sie mit ihm verbunden hatten, als auch die sichtbaren Reste und Andenken seines Dagewesenseins.

Der barmherzig so von ihr Beschenkte wußte sich kaum zu fassen und sagte:

»Das kann ich ja nit annehme, das isch zu gut für mich«, griff aber doch danach, hielt ihn von sich, befühlte ihn und war einen Augenblick so heiter, wie es solchen Leuten nur selten geschieht. Er griff in die Taschen und fand ein Papier, einen Brief, den er der Wohltäterin gab. Und sie las ihn und mußte sich plötzlich auf den Stuhl daneben setzen. Und sie weinte. Denn es war der falsche Brief, den Raphael damals von dem angeblichen Wandergenossen des Debele erhalten hatte; und sie erkannte, was der Tote gelitten haben mußte, und was ihn zuletzt bezwungen hatte. Und sie sah sein großes Unglück nun erst recht. Denn längst hatte sie auch gewußt, wie jeder im Städtchen, daß der David Levy tatsächlich bei seinen Verwandten in Kuppenheim war und denen diente um Bett und Kost. Und als der arme Mann das Haus verlassen hatte, ging sie, immer noch vor sich hin weinend, zu Elias Gump, den sie schon lang zum Parnes gewählt hatten, und erzählte ihm; und bat ihn, da sie jetzt erst alles durchschaute, dorthin zu schreiben und den Debele zu ersuchen, wiederzukehren und ihm anzubieten, bei ihr zu wohnen, Speis und Trank anzunehmen, so lange er wolle, und sei es bis an sein Ende.

Aber das ging nicht so leicht; denn Debele hatte ein gutes Gedächtnis, und da auch der Geringste seinen Stolz haben soll als Ebenbild des Herrn, so saß es immer noch in ihm, wie sehr er damals gedemütigt worden war von der Recha Baer, und er hatte noch nicht verwunden, weniger, daß sie ihn vertrieben hatte, als vielmehr dieses, daß sie ihn oft beschämt hatte, ohne daß er sich hatte wehren können; auch wußte er ja nicht genau, was sich inzwischen begeben hatte daheim und vor allem nicht, wie Recha sich verändert hatte in all der Zeit. So schrieb er zurück, zwar nicht sogleich ablehnend – weil er es ohnedies fast nicht mehr ertrug, bei seinen Verwandten geduldet zu sein, die es ihn fühlen ließen, wie es oft geschieht – aber doch zurückhaltend und merkte an, er würde nur kommen, wenn die Recha ihm schriftlich gebe, daß er auf ihren Wunsch und ohne etwas zahlen zu müssen bei ihr wohne, und daß man ihm auch die Reise vergüte, denn er komme ja nicht um seinetwillen; ja, so war der nun geworden. Also wurde ihm alles gewährt; und eines Tages sah man ihn wieder im Städtchen. Und er, der es schon aufgegeben gehabt hatte, noch etwas zu bedeuten, wurde wieder hoffnungsvoll und begann wieder zu leben, wie es sich gehört.

Leicht war es ihm freilich zunächst nicht geworden, wieder in dem Haus mit seinem besonderen Geruch und vor allem neben der Frau zu sein, deren Erinnerung ihn dauernd bedrückt hatte; und manchmal ertappte er sich in den ersten Wochen dabei, daß er auf den Zehen durch den Flur schleichen wollte wie einst, um nicht von ihr gehört und zur Rede gestellt zu werden. Doch bald erkannte er nicht nur, daß sie ihn nötig hatte, um gutzumachen vor dem heiligen Gesetz und sich zu erleichtern wegen dem, was sie in ihrer schlimmen Gier früher verübt hatte, sondern daß sie sich gewandelt hatte zu einem anderen Menschen durch die schwere Schickung.

Und er lebte von da an noch manche Jahre in dem Haus beim Brunnen und gehörte wieder zur Gemeinde als einer ihrer Beter an Jahrzeittagen wie an jedem Fest. So ergab es sich bald von selbst, daß sie ihn zum Schames, zum Synagogendiener, machten; er hielt die Schul in Ordnung, kredenzte dem Chasan den Kidduschwein, verteilte die Mizwaus unter die zur Thora Aufgerufenen und weckte an den Trauertagen von Haus zu Haus die Männer zum frühen Gebet. Und immer war er dabei, wenn sie die Gebete für Raphael sagten und seiner gedacht wurde.

Recha aber geriet, je mehr die Jahre gingen, in ein neues, immer vertrauteres Wesen mit dem lange Geschiedenen, der verklärt in ihrem Herzen lebte. Und hatte sie erst die von der Lehre vorgeschriebenen Gebote für ihn bis ins Letzte geübt und nichts versehen, so war ihr dieses allein endlich nicht mehr genug.

Jene mit Muscheln bekleidete Schatulle, die Raphael ihr damals von der Reise nach Badenweiler mitgebracht hatte, wie viele Jahre war es her, stand schon lang auf dem Nachttisch bei seinem Bett neben dem ihren. Die behütete sie wie ein Heiligtum zu frommem Dienst. Denn sie enthielt nun alles, was Raphael einst im täglichen Gebrauch um sich gehabt hatte; vorab das rotsamtene goldbestickte Tefillinsäckchen, darin die Gebetriemen; dabei lag der Ehering und die flache Uhr an der

geflochtenen Kette mit dem roten Stein der Berlocke von seinem Vater her; und sein Geldbeutel lag da aus abgegriffenem Leder, täglich, ja stündlich hatten seine Finger ihn berührt, und sie hatte sich zunächst nicht getraut, ihn zu öffnen, und als sie es nach vielen Monaten wagte, fand sie darin mehrere Silberstücke und eine alte goldene Napoleonsmünze; aber scheu entnahm sie das Geld nicht, sondern ließ es liegen, gleichsam verwahrt für einen zukünftigen, ungewissen Zweck.
Das Schlüsselchen zu der Kassette trug sie an seidenem Band um den Hals. Jeden Morgen schließlich öffnete sie damit, entnahm die Tefillin, entrollte die Riemen, die seine Stirne, seinen Arm so oft umschlossen und berührt hatten und noch seinen Geruch trugen, berührte sie mit den Händen an allen Stellen, ließ sie durch die Finger gleiten und legte sie wieder zurück in das Behältnis. Ja, dieses war ihr Dienst an jedem Morgen schon seit langem.
Und oft sah man sie nun auf dem Wege zum guten Ort, ob es Winter war oder Sommer oder herbstlich Blätter im Wind über die Gräber wehten. An sommerlichen Tagen erlebte man es, daß sie eilends in der Morgenfrühe schon über die Straße ging, immer noch wie einst hing eine Haarsträhne, und nun ergraut, aus ihrer Haube; dann sagte wohl einer, der unter seiner Tür stand, zum Nachbarn: »Das Rechele geht wieder den Raphel besuchen«, und selbst solche, die ihn gar nicht mehr gekannt hatten.
Von früh bis spät blieb sie draußen auf dem kaum von der Landschaft umher abgegrenzten Stück

Flur, das zum Teil von einem leise wellenden Getreidefeld umschlossen war mit seinen Kornblumen, dem Mohn und den weißen reinen Winden, gerankt um die Ähren. Sie wußte es wohl nicht, was es war, das sie bewegte und dem Geliebten noch inniger verband, wenn sie vor dem nun ganz von Immergrün mit den zartblauen Blütchen überwachsenen flachen Viereck am Raine saß und die nahen Linden in der Juliblust von Bienen sangen, summende milde Stimmen der Fruchtbarkeit und Unsterblichkeit, darüber die jungen, hin und wieder fliegenden Distelfinken

Worterklärungen

Almemor: Empore, auf der in der Synagoge aus den heiligen Büchern vorgelesen wird.
Arba kanfaus: »vier Ecken«, vier blaue Wollfäden an der Kleidung frommer Juden.
Aschkenasisch: bezeichnet die deutschen und osteuropäischen Juden im Gegensatz zu sephardischen Juden, die aus Spanien kommen.
Barmizwa: Feier am Sabbat nach Vollendung des dreizehnten Geburtstags, bei der jeder Junge als Vollmitglied in die Gemeinde aufgenommen wird.
bekowed: betucht, vornehm
Berocho: Segensspruch
Bocher: Jüngling, Student einer Talmudhochschule
Chanukka: Lichterfest zur Erinnerung an die siegreichen Kämpfe der Makkabäerzeit
Chasan: Vorbeter, Kantor
Chevra Kadischa: Wohltätige Vereinigung (»Heilige Bruderschaft«)
Chomezfeuer: zum rituellen Verbrennen des Gesäuerten
Chuzzpe: Frechheit
»*E mise meschune* sollen Ihr nehmen«: Verrecken sollt Ihr
eîn: Ausruf (gegen eine Unterbrechung des Gebets)
Erev Rosch ha schono: Vorabend von Neujahr
Esrog: Zitrusfrucht, symbolisch beim Erntefest
Geivo: Stolz
Haftara: Prophetischer Text
Jaum Kippur: Versöhnungstag
Jeshiva: Talmud-Hochschule
Jichus: Familienstolz aus vornehmer Herkunft
»*Jigdal, jigdal elauhim chai wejischtabach*«: frommes Lied (»Groß und gelobt sei der lebendige Herr«)
Kaddisch: Tägliches Schlußgebet, auch Totengebet
Kalle: Braut
Kappores-Vögel: Entsühnungs-Vögel
Kehilla (Plural: *Kehillaus*): (fromme) Gemeinde

kaschern: koscher machen
Kol Jisroel: (übertragen:) »unter uns Juden«
koscher: den Reinheitsforderungen entsprechend
Koved: Ehre
Loschen Hakaudesch: heilige Sprache (= Hebräisch)
Lulav: Palmblätter im Feststrauß für das Erntefest
L'vono mekadesch: Neumond-Segen
Machsorim: Gebetbuch für Feiertage
masig gewul: jemand ins Gehege kommen
Mazeiwo: Grabstein
Megillah: Schriftrolle
metaher: reinigen (im kultischen Sinn)
Mincha: Gabe, Opfer
Mischpoche: Verwandtschaft
Moaus zur: Hymne am Chanukka-Fest (entspricht »Ein feste Burg ist unser Gott«)
Omerzeit: siebenwöchige Zeit zwischen Pessach und Schwuot, dem ersten Erntefest; auch Trauerzeit
Parnes (Plural: *Parnossim):* Vorsteher der Gemeinde
Parscha Tauchocho: Abschnitt aus der Thora mit Verfluchungen der Missetäter
Pessach: Fest im Frühjahr zur Erinnerung an den Auszug aus Ägypten
Purim: Freudenfest zur Erinnerung an die Rettung der persischen Juden; hat karnevalistische Züge.
Rav: Rabbiner
Rosch ha schono: Neujahrsfest (September/Oktober)
Schabbos: Sabbat (Samstag)
Schabbos Bechukkausai: Samstag, an dem die Tauchocho gelesen wird
Schames: Synagogendiener
Schawuot: Wochenfest zur Erinnerung an die Offenbarung Gottes am Sinai
Schechita: Schlachtung
Schem jisborach: der gesegnete Name (Gott)
Schewuaus: 1. Erntefest, Wochenfest; etwa Pfingsten entsprechend

Schidduch: Ehevermittlung, Heirat
Schochet: Schächter
Schofar: Blasinstrument aus Widderhorn, im Gottesdienst von Neujahr und Versöhnungstag gebraucht
Seder(abend): häusliche Feier am 1. und 2. Pessach-Abend
Scheitel: Perücke
Sukka: Laubhütte
Sukkoth, Succaus: Laubhüttenfest, gefeiert zur Erinnerung an den Wüstenzug, als die Juden vorübergehend in Hütten wohnten.
Talmid Cochem: Schriftgelehrter
Tauro: Thora (die fünf Bücher Moses)
Tefillah: Gebetbuch
Tefillin: Gebetriemen (um Arm und Stirn gelegt)
trefenes Fleisch: nicht koscher geschlachtetes Fleisch
trefer: unrein (bei Speisen), verboten
Zerevis: schirmloses Mützchen

Bewahren durch Erzählen

Ein Nachwort von Manfred Bosch

Die Juden, so schrieb der jüdische Gelehrte *Gershom Scholem* einmal, hätten von allen Gesichtspunkten und Standorten her den Dialog mit ihren nichtjüdischen Landsleuten gesucht – »*fordernd, flehend und beschwörend, kriecherisch und auftrotzend, in allen Tonarten ergreifender Würde und gottverlassener Würdelosigkeit*«. Doch dieses Gespräch sei bereits in seinen Anfängen erstorben und nie mehr recht ingangekommen; die einzigen, die die Juden wirklich ernstgenommen hätten, seien die Antisemiten gewesen, so wenig förderlich deren Antwort auch gewesen sei. Das »deutsch-jüdische Gespräch« also ein einziger »Mythos«, um mit dem Titel von Scholems Aufsatz zu reden? Die Dialogbereitschaft auf nichtjüdischer Seite nicht mehr als ein frommer Wunsch?

Doch auch die deutsche Geschichte kennt Beziehungen zwischen Juden und Nichtjuden, in denen das Gespräch nicht erst gesucht, geschweige denn flehentlich oder gar kriecherisch eingefordert werden mußte. Dazu gehört die Tradition der weithin vergessenen südwestdeutschen Judendörfer, wie sie am Bodensee und im Hegau, entlang Rhein und Neckar, im Markgräflerland, in der Ortenau und im Breisgau, in Vorarlberg und im Elsaß anzutreffen waren. Seit Jahrhunderten lebten hier Juden und Christen bis in unsere Zeit in gegenseitiger Achtung vor Religion und Eigenart des anderen. Nicht nur das Ghetto war hier eine unbekannte Erscheinung; anders als in der Stadt mußten die Landjuden auch nicht ängstlich darauf bedacht sein, sich zu verleugnen – ja, der Jude gewann die Achtung der christlichen Bevölkerungsmehrheit gerade dadurch, daß er sich als solcher bekannte. Als verächtlich hätte hier alleine der getaufte Jude gegolten, wie er es in der Stadt oft war – und zwar bei beiden Bevölkerungsteilen.

Von solchen freien, gegen Gesetz und Väterglauben treuen Juden handeln die Erzählungen dieses Bandes, und aus einem dieser Judendörfer, aus Wangen am Untersee, stammt ihr Verfasser. Als Jacob Picard 1883 als ältestes von acht Geschwistern hier geboren wurde, hatte die jüdische Gemeinde den Höhepunkt ihrer Entwicklung zwar bereits überschritten, doch waren jüdisches Leben und jüdische Tradition noch lebendig genug, daß, wie Picard in seiner »Erinnerung eigenen Lebens« schrieb, *»unser ganzes Leben davon erfüllt war, daß es die Luft war um mich von Anbeginn«*. Aus diesen Wurzeln hat Picard nicht nur die Stoffe und Motive seines Schaffens bezogen, sie waren ihm, neben dem Erlebnis der Landschaft, höchste Sicherung und innerster Besitz zugleich.

Dennoch unterschied sich Picards äußere Biographie in Bildungsweg, Beruf und einem Leben in den Städten nur wenig von der Lebensweise assimilierter Juden. Vom Gymnasium in Konstanz, wohin die Familie noch vor 1900 übergesiedelt war, führte ihn sein Weg an verschiedene Universitäten, wo er sich nach philologischen Anfangssemestern den Rechtswissenschaften zuwandte. Man muß darin mehr eine Entscheidung des Verstandes denn seiner wahren Neigungen sehen, und wie um seinen *»Hang zu den reinen und gehobenen Dingen des menschlichen Geistes«* unter Beweis zu stellen, den er für sich selbst als maßgeblich erachtete, ließ Picard im Jahr seiner Promotion auch seinen ersten Gedichtband (»Das Ufer«, 1913) erscheinen. Sein zweiter mit dem Titel »Erschütterung« (1920) war dem Gedenken seiner beiden gefallenen Brüder gewidmet. Freiwilliger wie sie, hatte Picard volle vier Jahre lang am Krieg teilgenommen. Was sein Erlebnis dem Patrioten bedeutete, läßt sich am besten an der Novelle »Das Opfer« ermessen, die er noch 1934 in knapp zwanzig Folgen in der »Kölnischen Zeitung« unter dem Pseudonym J. P. Wangen veröffentlichen konnte. Es war dies nicht Picards erste Erzählung, in deren Mittelpunkt Juden und jüdisches Leben standen. Schon Mitte der zwanziger Jahre – er war eben von Konstanz, wo er seit Ende des Weltkriegs eine Kanzlei umgetrieben hatte, frisch verheiratet nach Köln verzogen – begann Picard Alltag und Leben der Juden seiner Heimat literarisch darzustellen. Diese Chronistenrolle ernstzunehmen gab ihm das Berufsverbot durch die Nationalsozialisten Gelegenheit: Picard arbeitete nun ausschließlich als Schriftsteller und kehrte 1936 noch einmal für zwei Jahre auf die Höri zurück – *»so als ob einer unseres Geschlechts noch einmal die Verbundenheit der Generationen vor dem großen Abschied hätte bestätigen müssen«*. In der schreibanregenden Nähe zu den Lebensorten seiner Figuren, zu den Schauplätzen seiner Erzählungen, vollendete er sein Buch »Der Gezeichnete«.

Er tat dies zu einem Zeitpunkt doppelter Bedrohung des Landjudentums: einmal war es durch Emanzipation und sozialen Wandel soweit geschwunden, daß sein Ende unmittelbar bevorstand; zum anderen hatte Picard den Vernichtungsschlag vor Augen, mit dem der Nationalsozialismus selbst noch die Reste dieser zur bloßen Erinnerung verurteilten Lebensform radikal auszulöschen gedachte. Als das Buch 1936 erschien, blieb es zwar auf das Ghetto jüdischer Öffentlichkeit beschränkt, der literarische Rang dieser Prosa – die in ihrer strengen Novellenform die Herkunft von den großen alemannischen Autoren des 19. Jahrhunderts, Hebel, Gotthelf und Keller voran, nicht verleugnen konnte – wurde von der Kritik jedoch umgehend anerkannt. *Kurt Pinthus* erblickte in der Erzählsammlung ein »hochwertiges Buch«, das »künstlerisch weit über den meisten ostjüdischen Geschichten« stand; *Ernst Simon* rückte es in die Reihe der »wenigen echten Denkmale des deutschen Judentums, das wir so geliebt haben«; *Stefan Zweig* attestierte der Erzählung »Raphael und Recha« epische Größe und *Hermann Hesse* galt das Buch als literarisch gültiges Beispiel für den »neu erwachten Sinn des deutschen Judentums für seine Eigenart«.

Dennoch blieben die literarische Leistung Picards und das Landjudentum, das er mit ihr ins Recht setzte, aus Unkenntnis vielfach Mißverständnissen ausgesetzt –

und das gerade in den eigenen Reihen. Insbesondere das assimilierte städtische Judentum beliebte auf seine ländliche Variante meist wie auf einen ärmeren und ungebildeten Verwandten zu blicken, den man insgeheim verachtete, während man *»von einer anderen Seite her erstaunt darüber (tat), daß es anderswo auch noch Juden gab, die gläubig waren bis in unsere Tage...«* Beiden Haltungen stellte Picard mit seinen einfachen und frommen Juden – die im übrigen bisweilen auch schlecht und kleinlich sein durften –, ein Selbstbewußtsein entgegen, wie es dem gewandelten Verständnis jüdischer Emanzipation entsprach: *»Jetzt erst heißt es, sich bekennen«*, schrieb er 1937, *»jetzt hilft kein Verbergen mehr, jeder sage stolz: Ich bin ein Jude, wie der Landjude es immer getan hat.«*

Schreibend nahm Picard an diesem Bekennen selbst Anteil, und indem er literarisch gestaltete, was bislang nur mündlich überliefert worden war, bewahrte er nicht allein das Gedächtnis des Landjudentums, sondern gewann aus seiner Geschichte und Eigenart auch Kraft und Beistand für seine letzten Überlebenden. *»Und heute noch«*, so endet die Erzählung »Das Los«, *»da schwere Tage noch einmal über uns gekommen sind und manche ins fremde Land haben ziehen müssen, berichten sie ihren Kindern davon, und daß sie nur dadurch, daß der Urahn gottesfürchtig gewesen (...), so geworden seien, wie sie jetzt noch waren, um alles bestehen zu können, was über sie kam.«*

Während seiner beiden Jahre auf der Höri rüstete sich Picard zugleich für die immer unumgänglichere Emigration. Im Herbst 1940 gelang es ihm von Berlin aus, mit einer der letzten Möglichkeiten in die USA zu entkommen. Sein Neuanfang stand unter dem Eindruck der Deportation der badisch-pfälzischen Juden, von der er noch unterwegs erfahren hatte. Beruflich noch einmal angemessen Fuß zu fassen, war dem Siebenundfünfzigjährigen verwehrt; was ihm zuteil wurde, waren die Unterstützung durch Hilfsorganisationen und Jobs wie Gärtner und Fabrikarbeiter, bevor er 1943 für dauernd als »stock clerk« und CARE-Mitarbeiter in New York lebte. Doch trotz guter Sprachkenntnisse, zahlreicher Freundschaften und großer Dankbarkeit gegenüber den USA, deren Staatsbürgerschaft er kurz nach Kriegsende annahm, blieben ihm das Land und New York doch innerlich fremd. Immerhin gestattete ihm die Arbeit an einer großangelegten Biographie über Franz Sigel – Held seiner Jugend, badischer Landsmann und bedeutender Deutschamerikaner – , »*in Amerika in Deutschand*« zu sein; doch einen Verleger fand Picard trotz prominenter Fürsprache nicht. Und während er die Genugtuung erfuhr, daß 1957 eine erweiterte englischsprachige Ausgabe seiner Jüdischen Erzählungen (»The Marked One«) herauskam, schien ihm eine deutsche Neuausgabe bis zuletzt versagt. Immer wieder mußte Picard die alte Unkenntnis, die alten Mißverständnisse neu erfahren. *»Die ostjüdischen Menschen haben beschlossen, daß es in Deutschland kein bodenständiges gläubiges Judentum mehr gegeben hat, um wieviel weniger dazu eine Dichtung, die das gestaltete«*, hatte Picard schon 1944 in einem Brief geklagt, *»und die sogleich davon Gelaufenen aus unserem eigenen Land«*, fuhr er fort, *»haben beschlossen, daß nicht nur von Nichtjuden nichts mehr hat geschaffen werden können seit sie fort sind, sondern auch von unsereinem.«* Bis in die sechziger Jahre hinein befand sich Picard zwischen allen Stühlen, und er empfand es als sein Unglück, *»nicht (...) Scholom Alejchem zu heißen und östliche Juden darzustellen, sondern eben echte und wahrhafte deutsche.«*

Schließlich ermöglichte die Deutsche Verlags-Anstalt mit ihrer Neuausgabe der Jüdischen Erählungen unter dem Titel »Die alte Lehre« dem Achtzigjährigen doch noch die Rückkehr in die deutsche Literatur. *Friedrich Sieburg* befand, es seien »auf dem Felde der deutschen Sprache wenige so großartige, makellose und ergreifende Novellen« entstanden wie diese; und im Jahr darauf verlieh die Stadt Überlingen dem Autor ihren Bodensee-Literaturpreis. Picard hatte die Bundesrepublik seit 1957 fast jährlich wieder besucht – nun war auch sein Werk wieder mit dem Namen seiner Heimat verknüpft, aus der es lebte und für die es zeugte. Endlich kehrte auch Picard, durch mehrere Schlaganfälle pflegebedürftig geworden, an den Bodensee zurück. Am 1. Oktober 1967 ist er in Konstanz gestorben.

Die jüdischen Erzählungen Jacob Picards, von denen diese Auswahl die schönsten bietet, bilden den Mittelpunkt eines nicht eben umfangreichen, jedoch einzigartigen Werkes. Unübersehbar die literarischen Zeugnisse des städtisch-assimilierten wie des östlichen Judentums bzw. des »Stetl« – literarische Fixierungen des deutschen Landjudentums jedoch gibt es nur ganz wenige und unter ihnen keine zweite, die im Rang an Picard heranreichte. Schon der oftmals anekdotische Kern seiner Geschichten verweist auf ihre Herkunft aus mündlicher Überlieferung, die angesichts der Gefahr ihres Abreißens dank Picard, gewissermaßen aus historischer Not, zu Literatur geworden ist. Doch das alemannische Landjudentum hat mit diesen Erzählungen nicht einfach sein literarisches Denkmal erhalten; die schwer errungene Prosaform Picards bewahrt in ihrem Rhythmus, in ihrer kunstvoll psalmodierenden Mündlichkeit des Erzählens auch viel vom Leben der Landjuden selber – ja, man vermeint in der Behäbigkeit des erzählerischen Duktus ihren Gang selbst zu vernehmen, mit dem sie einstmals über Land gezogen sind.

Wenn Jacob Picard während seines Exils auf die Frage nach seiner Herkunft zu antworten pflegte: *»Ich lebe seit drei Jahrhunderten am Bodensee«*, so hatte das nichts Anmaßendes. Es geschah vielmehr im Bewußtsein, daß er die Erinnerung an das alemannische und deutsche Landjudentum mit seinem Modell geglückten Zusammenlebens zwischen Juden und Nichtjuden repräsentierte und zur leisen, aber eindringlichen Stimme der voraufgegangenen Geschlechter seines Dorfes geworden war.

Inhalt

Bücher der Libelle: Erzähltes & der ganze Rest.

Fritz Mühlenweg
In geheimer Mission durch die Wüste Gobi

Mit einem Nachwort von Ekkehard Faude. 778 S., Leinen, ISBN 3-909081-58-4 • Seit 30 Jahren zum erstenmal wieder der *ungekürzte* Text jenes in acht Sprachen übersetzten Romans, in dem Fritz Mühlenweg die Erfahrungen seiner Mongolei-Expedition mit Sven Hedin zum witzigweisen Stoff ganz eigner Abenteuer machte.

Fritz Mühlenweg
Fremde auf dem Pfad der Nachdenklichkeit

Mit einem Nachwort von Gisbert Haefs. 304 S., geb., ISBN 3-909081-53-3 • »Das ist fesselnd genug, aber daß Mühlenweg zu dem ›menschlichen und literarischen Glücksfall‹ geworden ist, als den ihn Gisbert Haefs zu recht bezeichnet, das liegt an seinem spezifischen Blick auf das Fremde und vor allem an seinem liebevollen, sprachlichen Witz, der die Lektüre zu einem reinen Vergnügen macht.« *Listen* – Nicht weniger vergnüglich also:

Fritz Mühlenweg
Kleine mongolische Heimlichkeiten

144 S., schmuck broschiert, ISBN 3-909081-50-9 • Erzählungen aus dem Stoff der stillen Wüsten-Abenteuer.

Anton Haller
Das Similaun-Syndrom / OECCI HOMO

Von der Entdeckung der Gletschermumie zum transdisziplinären Forschungsdesign. ISBN 3-909081-54-1, 66 S., kt., • Die Satire der Realsatire. »Ein Megawerk der gipfelstürmenden Forschung, anregend, originell und gescheit bis zur letzten Zeile.« *Rheinischer Merkur*

Libelle • Verlag am Bodensee

Diese Erzählungen
die ihren unvergänglichen Reiz
und ihren kunstvoll mündlichen Duktus
beim lauten Vorlesen
noch ganz anders entfalten,
wovon zahlreiche Zuhörer
in Wangen und Gailingen
Hohenems, Konstanz
Biberach, Staufen, Weingarten und anderswo
überzeugt wurden
sind der zweibändigen Ausgabe
Jacob Picard: Werke
(616 Seiten, Leinen, Faude Verlag, © 1991) entnommen,
herausgegeben und mit einem ausführlichen
& reich bebilderten Nachwort versehen
von Manfred Bosch

Manfred Bosch hat für unsere Ausgabe
im Frühjahr 1993
ein eigenes Nachwort verfaßt.
Das Umschlagbild »Elster im Wintergrau«
verdanken wir Bruno Epple.

ISBN 3-909081-59-2